Katharina Lindner

Die Apfelblütenfee

Urban-Fantasy-Roman

Bibliografische Information der Deutschen Nationalbibliothek:
Die Deutsche Nationalbibliothek verzeichnet diese Publikation in der Deutschen Nationalbibliografie; detaillierte bibliografische Daten sind im Internet über http://dnb.dnb.de abrufbar.

TWENTYSIX
Eine Marke der Books on Demand GmbH

© 2021 Katharina Lindner

Herstellung und Verlag:
BoD – Books on Demand, Norderstedt

ISBN: 9783740782252
Coverbild: Ramona Hoffmann
Lektorat & Korrektorat: Matthias Hoffmann

Prolog

Vernunftbegabte Menschen glauben nicht an Feen und diesen ganzen esoterischen Firlefanz.

Wohl gibt es eine Menge Leute, die in Kirchen, Moscheen, Synagogen und anderen jahrtausendalten Gotteshäusern zu einem unsichtbaren Schöpfer beten, doch wenn das Gespräch auf Nymphen, Feen und Kobolde kommt, verziehen die Menschen halb milde, halb belustigt ihre Gesichter: *Solche Geschichten sind etwas für Kinder.* Und nur in Kinderzimmern finden sich Wesen, zumeist produziert von einer einfallsreichen Spielzeugindustrie, die in schreienden Farben oder zünftigem Pastell in den Regalen sitzen und die kindliche Fantasie ausbremsen.

Mit diesen Spielwaren aus Kunststoff haben echte Feen selbstverständlich nichts gemein. Echte Feen verfügen über keine Lobby in der aufgeklärten Welt und deshalb existieren sie offiziell nicht, ganz im Gegensatz zu ihren künstlichen Nachbildungen in den Spielzimmern gelangweilter Grundschulkinder.

Merle, die Vierunddreißigjährige, die von sich selbst sagt, sie treffe zielsicher jede Entscheidung ihres Lebens falsch, glaubte auch nicht an Feen.

Sie glaubte an gar nichts: nicht an einen Gott, nicht an das Schicksal, nicht an Tarotkarten, Schutzengel, eine Welt nach dem Tod oder den Sinn des Lebens. Auch nicht an Freunde, Familie, Selbstverwirklichung oder Erfüllung.

Alles was sie glaubte, war, dass morgens die Sonne auf- und abends wieder unterging. Und das tat sie auch nur, weil es unmöglich schien, diese deutlich erkennbare Tatsache zu verleugnen. Ansonsten trug Merle das Misstrauen gegen menschliche, tierische und sonstige Geschöpfe aller Art an jedem Tag ihres Lebens wie eine eigene Haut spazieren und verbaute sich damit so manche Erkenntnis, die vielleicht hilfreich und erfreulich gewesen wäre. Die Skepsis gegenüber allem steuerte sie durch den Alltag wie ein Segelboot: Nicht angenehm, weil einem ständig latent übel war, aber zuverlässig, und ein sicheres Gefängnis auf stürmischer See.

Zwischenmenschliche Inseln waren zu gefährlich, um sie anzulaufen, weshalb Merle sie bis auf wenige Ausnahmen grundsätzlich umrundete, ohne anzulegen. Sie *musste* so sein, sagte sich Merle selbst immer wieder, weil sie ohne Vater bei einer überforderten Mutter aufgewachsen war. Das Alleinsein lag ihr im Blut.

Über Feen und eine ernsthafte Diskussion ihrer Existenz hätte Merle den größten Teil ihres Lebens über herzhaft gelacht. Aber das war, *bevor* sie das bäuerliche Anwesen ihrer Oma erbte, in dessen unmittelbarer Nachbarschaft DER Apfelbaum stand. Es war, bevor sie der unglücklichen, sehnsuchtsvollen Nymphe Silvana begegnete, die unbedingt eine menschliche Gestalt besitzen wollte. Es war, bevor es Silvana – getrieben von ihrem innigen Wunsch, ein Mensch zu werden – gelang, Merle ihren Körper und ihr Leben zu stehlen.

Es war, bevor sie selbst ihre menschliche Identität verlor und zum Kampf rüsten musste, um die Fee zurück in ihren Baum zu sperren, und sich ihr Leben, das sie vorher als selbstverständlich und manchmal sogar als wertlos betrachtet hatte, zurückzuerobern.

Kapitel 1 – Merle

Ich schwöre bei allem, was mir heilig ist, wenn das auch leider nicht sehr viel ist: Ich wollte dieses Haus nicht!

Weder war ich scharf auf das vollgestopfte Gebäude mit dem ganzen nutzlosen Krempel, noch auf das Schlafzimmer mit den Kiefernholzmöbeln aus den Siebzigern, in denen meine mir völlig unbekannte Großmutter wenige Wochen zuvor gestorben war. Ich wollte den verwilderten Garten nicht bestellen, aufhübschen oder auch nur ansehen. Ich wollte kein Dachbodengerümpel und keinen Kellerschrott, für den es einen Container brauchen würde, um ihn zu entsorgen. Ich wollte die moosigen roten Ziegel und die verwitterten schwarzen Klinkersteine nicht, die geblümten Gardinen an den ungeputzten Scheiben, das angelaufene Silberbesteck in der vollgekrümelten Schublade, die Stickdeckchen an den Wänden, die staubigen Gläser mit dem eingemachten, undefinierbaren Zeug in der Speisekammer. Ich wollte nichts davon!

Und am allerwenigsten wollte ich meinen Vater, den ich bis dahin nie zuvor getroffen hatte! Er enttäuschte mich, weil er genauso war, wie ich befürchtet hatte. Und weil er seinen Unmut darüber, das Grundstück samt Haus und Garten nicht selbst geerbt zu haben, an mir ausließ. Aber das kam erst später und es dauerte eine Weile, bis mir klar war, wie ich diesen Unmut ändern konnte. Zu dem Zeitpunkt konnte ich nichts mehr tun, um mein mir zufällig zugefallenes Eigentum zu schützen, denn ich steckte in dem verdammten Baum auf dem Grundstück gegenüber fest. Und da war es auch nicht mein Vater, den ich als Bedrohung empfand, sondern ein Wesen, dessen Existenz sich kein noch so fantasievoller Autor hätte ausdenken können, ohne dabei an der Realität zu scheitern.

Aber der Reihe nach, denn Märchen, selbst die echten, werden chronologisch erzählt. Auch die, in denen ein eigennütziges Zauberwesen dem Schriftsteller den Stift aus der Hand nimmt, um das Märchen selbst fertigzuschreiben.

Es war ein Abend Anfang April, als ich meinen Rollkoffer über den schon warmen Asphalt zog. Bereits kräftige Sonnenstrahlen fielen schräg durch die Äste der zumeist noch unbelaubten Bäume. Einige vorwitzige Bäumchen zeigten sich bereits mit einem zartgrünen Blätterflaum, während zahlreiche Sträucher ihre Blüten in voller Pracht entfaltet hatten. Gelb, weiß und rosa leuchtete es mir entgegen, während ich die Straße entlangging, die Handtasche um den Leib geschlungen, die Hand fest um den Koffergriff gekrallt. Den Taxifahrer, der mich am Bahnhof des kleinen Ortes mitten im norddeutschen Nichts abgeholt hatte, hatte ich gebeten, mich an der Kreuzung, die zu meinem neuen Zuhause führte, rauszulassen. Ich wollte erst mal die Lage checken. Vielleicht konnte ich bei einem vorsichtigen Blick über den Zaun sogar den Mann beobachten, bevor er sich mir als mein Vater offenbaren würde.

Ich stellte mir vor, dass er in Gummistiefeln und gestricktem Pullover in den noch leeren Beeten kniete und das Unkraut beseitigte, um die frischen Pflänzchen, die in einer Schubkarre neben ihm standen, einsetzen zu können. Er würde mich erblicken, aufsehen, sich die Handschuhe abstreifen und mich mit einem Lächeln und einer Umarmung willkommen heißen. Er würde nach altem Schrank, Gießkanne und Muttererde riechen und hätte eine dunkle Kappe auf dem Kopf, an dessen Rändern sich Schweißflecken abzeichneten.

Es war einer dieser Kleinmädchenträume, der sich mir bereits seit Jahrzehnten aufdrängte, ohne dass ich etwas dagegen tun konnte. Sie hatten sich nie erfüllt und mir war schon lange klar, dass sie dies auch nicht tun würden. Trotzdem konnte ich nicht damit aufhören, ihnen nachzuhängen.

Komisch, dass sich diese Vorstellung gerade jetzt so penetrant in mein Hirn schob, wo doch all meine übrigen Lebensträume, die nichts mit meinem Vater, aber doch viel mit Familie zu tun hatten, gerade in Rauch aufgegangen waren.

Ich gelangte zum Gartentor und verfluchte die klappernden Rollen des Koffers, die meine Ankunft verraten würden.

Das Gebäude war groß und unspektakulär. Dunkelrote Wände aus Klinkersteinen, die wie getrocknetes Blut wirkten. Ein rotes Dach, zwei Gaubenfenster im obersten Stockwerk, zwei Fenster im untersten, jeweils rechts und links der Tür. Die mittlere Etage besaß die meisten Fenster, sie lagen dicht an dicht und versprachen helle Räume, immerhin. Weiß gestrichene Fensterrahmen, alle Scheiben mit buntgemusterten Gardinen zugehängt. Die würde ich als erstes entfernen, wenn es mein Haus wäre, schoss es mir durch den Kopf. Eine Sekunde später fiel mir ein, dass es ja mein Haus WAR. Und es war in keinem besonders guten Zustand.

Das Gebäude wirkte zwar solide, aber ungepflegt. Es war deutlich zu erkennen, dass sich seit Jahrzehnten keine liebevolle und fachkundige Hand seiner angenommen hatte. Die Platten auf dem Gehweg zeigten unterschiedliche Höhen, als hätte sich der Boden bewegt wie eine kriechende Schlange. Sie wiesen außerdem abgeplatzte Ecken und grünen Bewuchs in den Fugen auf. Der Vorgarten versteckte sich hinter meterhohen Gebüschen und der Zaun aus altersschwachen Holzlatten wirkte wie ein windschiefes Gebilde, das ein Riese zufällig im Vorbeigehen hatte fallen lassen. Schräg hinter dem Haus sah ich einen baufälligen Schuppen, eine überdachte Veranda mit Klappstühlen, deren Polster über die Zeit verblichen waren und ein weites Feld, das sich auf Hunderte Meter erstreckte, aber nicht mehr zum Grundstück gehörte. Ein freundlicher und milder Mensch hätte das Anwesen liebevoll als „shabby chic" bezeichnet.

Auf mich, die ich keinerlei Gespür für Kitsch und Romantik besaß, wirkte es verwahrlost. Hatte meine verstorbene Großmutter im Alter keine Kraft und Energie mehr besessen, um ihr Heim zu pflegen? Oder war es ihr nicht wichtig genug gewesen? Hatte sie auf die Meinung vorbeigehender Leute, die verständnislos mit dem Kopf schütteln, keinen Wert gelegt?

Ich hievte meinen Koffer über den unebenen Boden und atmete tief durch, als ich vor der Eingangstür stand. Ameisen und allerlei anderes Getier wuselten über den Stein und verlieh den dazwischen wuchernden Grasbüscheln den Eindruck geschäftiger Lebendigkeit. Ich strich mir das Haar zurück und fixierte die dunkelblau gestrichene Haustür einen Moment zu lang. Denn bevor ich den namenlosen Klingelknopf drücken konnte, wurde die Tür aufgerissen und ein braunes Augenpaar fing meinen erschrockenen Blick auf.

Der Mann, der mein Vater war, trug keine Gummistiefel, hatte keine Gießkanne in der Hand und roch auch nicht nach Erde. Er war in geschmackvolle Freizeitkleidung in hellen Tönen gehüllt. Das Polohemd in Himmelblau und die Cargohose in Sand gehörten ebenso einer höheren Preisklasse an wie die blitzende Uhr in Übergröße am Handgelenk und die schmalen Lederschuhe. Selbst sein Haarschnitt, dunkelbraun und ohne ein einziges graues Haar, wirkte teuer.

„Merle", empfing mich der Unbekannte, der ausgesprochen attraktiv war, ganz im Gegensatz zu mir. „Da bist du ja."

Ich nickte, weil ich nicht wusste, was ich sagen sollte. Ja, da war ich. Mit einem zerbeulten Rollkoffer, dessen Schloss nicht mehr zuverlässig hielt, einer Leggins mit abgeschabten Knien und einer schreiend bunten Tunika, die mir in Gegenwart dieses geschniegelten Herren unpassend vorkam. Er fragte mich nicht, wie meine Fahrt gewesen war oder wie es mir ging. Er wollte nicht wissen, ob ich gut hergefunden hatte, und er bat mich auch nicht herein. Er ließ nur die

Tür weit offenstehen und kehrte mir den Rücken zu. Ich folgte ihm eingeschüchtert.

Das Innere des Hauses war dank vieler Fenster und einer strahlenden Nachmittagssonne lichtdurchflutet und das war sein Verderben. Denn obwohl ich von der Diele aus nur einen kurzen Einblick in die Küche zur Rechten und das Wohnzimmer zur Linken erhielt, fiel mir sofort allerlei Gerümpel ins Auge. Vollgestopfte Arbeits- und Kommodenflächen beherbergten allerlei staubigen Krimskrams, von Porzellanhunden über Bücher, Geschirr und Strickzubehör. Es gab keine freie und saubere Stelle. Selbst die Möbelfülle erschlug das überforderte Auge: Blumige Plüschsessel, mit Troddeln verzierte Lampenschirme, wild durch die Jahrzehnte gewürfelte Schränke, Stühle und Tische. Die Muster der Sofakissen passten nicht zu den Polstern, die Tischdecken wiesen neben hässlichen Verzierungen auch Flecken auf und die Gegenstände in diesem Haus wirkten, als hätte man sie besser auf drei Haushalte verteilt. Ich schluckte und sah mich um. Mein Vater, dem ich gefolgt war, wies mit einer Handbewegung auf die Couch.

„Ich bin Martin", sagte er. „Nenn mich bitte so. Willst du was trinken?"

„Nein." Ich ließ mich vorsichtig auf dem Sofa nieder, das einen muffigen Geruch verströmte.

Durchgesessene Federn, die es zum Knarren und Quietschen brachten, wenn ich mich bewegte. Daneben ein aufgeklappter Sekretär, auf dem sich Papiere stapelten und ein Füller ohne Hülle, der eingetrocknet war. Halbblinde Scheiben, davor diese unsäglichen Vorhänge, halb zugezogen. Scheußliche Ölgemälde in dunklen Farben an den Wänden. Abblätternde Blümchentapete in wildem Mustermix.

Augenblicklich sehnte ich mich nach der sauberen, reizarmen Wohnung, die in den letzten Jahren mein Zuhause gewesen war. Glas und Beton, Weiß und Grau, wenig Stoff, keinerlei Krempel. Es war nicht mehr mein Zuhause, erinnerte ich mich. Bei dem Gedanken daran kamen mir fast die Tränen und ich biss mir auf die Lippen. Mein Vater, oder vielmehr Martin, verbesserte ich mich, sollte nicht denken, dass ich ein schwaches, weinerliches Mäuschen war, das sein Leben nicht auf die Reihe bekam.

„Ich hab keinen Durst" lehnte ich sein Angebot erneut ab, weil er schweigend betrachtet hatte, wie ich mich umsah und die Stirn runzelte. Er setzte sich mir gegenüber in den Sessel und stützte die Ellbogen auf die Knie.

„Gut", sagte er, „es ist sowieso nichts zu trinken da. Zu essen auch nicht. Ich hoffe, du hast einen Snack dabei, sonst musst du dir im Supermarkt an der Hauptstraße was holen."

Ich holte tief Luft. Natürlich hatte ich nichts dabei, ich hatte nicht mal vor Antritt der Reise heute Morgen gefrühstückt. Aber neben allen anderen Leidenschaften, die Menschen üblicherweise Vergnügen und Genuss bereiten, machte ich mir auch aus Essen eher wenig. Es diente zur Nahrungsaufnahme und die war eine gewisse Zeit entbehrlich.

Mein Vater schaute mich aufmerksam an. Was mochte er denken? Man hatte mir oft gesagt, ich sähe meiner Mutter ziemlich ähnlich: Zierlich, klein, blond mit ausdrucksstarken braunen Augen zeichnete mich ausgerechnet eine absolute Mittelmäßigkeit aus: Nichts an mir war besonders oder auffällig. Ich war eine Person, die nicht im Gedächtnis blieb, wenn man ihr auf der Straße begegnete oder im Rahmen einer Veranstaltung mit ihr sprach. Das hatte Vorteile, denn man konnte sich in der Masse verstecken und weckte keine Aufmerksamkeit, die man nicht haben wollte.

Bei meiner Mutter war es ähnlich gewesen. Bis zu ihrem Tod letzten Sommer war sie so blass und mager geworden, dass sie mehr ein ätherisches Wesen als ein Mensch zu sein schien. Sie erweckte Mitleid statt Bewunderung und verlor Stück für Stück ihren spröden Liebreiz, bevor sie ihrem Ende entgegen litt. Aber vor über dreißig Jahren musste mein Vater ja irgendetwas an ihr reizvoll gefunden haben.

Ich kannte keine Details, denn meine Mutter hatte sich bis zuletzt geweigert, mit mir über diese Zeit mit meinem Vater zu sprechen. Ich wusste nur, dass sie ihn verlassen hatte, als ich drei Jahre alt gewesen war, um in die nächstgelegene Großstadt zu ziehen und dort mit mir ein neues Leben anzufangen. Der Kontakt war abgebrochen, weil sie ihn verhindert und er sich nicht bemüht hatte. Eigene Erinnerungen an meinen Vater hatte ich keine.

Ich fragte mich nun, ob er sie – oder mich – in all den Jahren vermisst hatte. Und ob er sich darüber freute, dass ich hier aufgetaucht war.

Meine Antwort auf diese Frage bekam ich umgehend, und sie war nicht positiv:

„Du musst hier die Dokumente unterschreiben. Es ist nur ein formeller Akt. Die Sache ist rechtskräftig und ich werde nicht dagegen vorgehen. Obwohl ich es könnte." Er schob mir einen Aktenstapel zu und kramte in seiner Hosentasche nach einem Kuli, den er mir auf den Tisch warf. „Du bist jetzt Eigentümerin dieses schönen Grundstücks samt Haus. Übrigens mein Elternhaus, in dem ich aufgewachsen bin. Herzlichen Glückwunsch."

Seiner Stimme entnahm ich, dass er mich nicht nur nicht vermisst hatte, sondern dass er mich sogar hasste. Sein Blick besagte, dass er mich am liebsten mit einem Strick am Treppengeländer aufgeknüpft hätte. Und wer konnte es ihm verdenken? Immerhin saß ich mir gerade auf SEINEM Erbe den Hintern platt, das mir völlig ohne Zutun in den Schoß gefallen war, während er leer ausging. Warum hatte meine Großmutter so entschieden? An seiner Stelle wäre ich wohl auch sauer gewesen. Hinzu kam, dass er sich an meine Mutter erinnert fühlen musste, die ihn vor Jahren hatte sitzenlassen.

Andererseits – was konnte ich dafür, dass seine Mutter ihn in der Erbfolge übergangen hatte? Oder dass meine Mutter sich gegen ein Leben mit ihm entschieden hatte? Beide Frauen hatten sicher ihre Gründe für ihre Entscheidungen gehabt und es stand mir nicht zu, darüber ein Urteil zu fällen.

Beim Gedanken an meine Mutter und an das Chaos, das mein eigenes Leben zu diesem Zeitpunkt darstellte, traten mir wieder die Tränen in die Augen. Die Unordnung und der Dreck im Raum trugen dazu bei, dass ich noch weniger Luft bekam, jedenfalls fühlte es sich so an. Ich atmete tief ein. Sollte ich auf diesen sarkastischen Kommentar antworten? Welche Floskel war angebracht? Ich hoffte, er würde bald gehen und mich in Ruhe lassen!

Zwischen seinen Brauen entstand eine Falte, als ich wortlos die Papiere ungelesen unterzeichnete und ihm den Kuli reichte. Es war warm im Zimmer und Staub tanzte in der Luft. Ein perfekter Tag, um sich die selbstgehäkelte, muffige Decke neben mir über den Kopf zu ziehen und die ganze Welt auszusperren. Einschließlich des verlorenen Ex-Mannes und des nie gekannten und nie vermissten Vaters, der sich als kaltherziges Arschloch entpuppte.

„Wie geht's Doris?" Nun gewann die Neugier doch die Oberhand. Und nicht nur die: Seine Lippen zitterten, er knetete sich nervös die Hände. Doris Stadler war ihm auch Jahrzehnte nach ihrem Weggang nicht gleichgültig.

„Tot", quetschte ich hervor. Nannte keinen Zeitpunkt, erklärte keine Ursache. Das Schicksal meiner Mutter ging ihn nichts mehr an.

Sein Blick wurde starr. Es war, als fiele eine Klappe. *Bevor das Gefühl dich vernichtet, musst du das Gefühl vernichten.* Alles, was ich gerade noch zu erkennen geglaubt hatte – Sehnsucht, Schmerz, Zorn, Zuneigung – erstarb wie der Laut eines Radios, dessen Stecker gezogen wird. Martin hatte sich gut unter Kontrolle. Wie erwartet zeigte er die Anteilnahme eines Grönlandgletschers und negierte jegliche eigene emotionale Beteiligung.

„Ach", antwortete er und verzichtete auf Beileidsbekundungen. Ich brauchte sie auch nicht, sie wären sowieso nicht ehrlich gemeint gewesen.

Trotzig spähte ich durch das feine Haar, das mir wie ein Vorhang vor das Gesicht fiel.

„Du siehst aus wie sie."

Ja klar, das musste ja kommen. Immerhin, dachte er wohl erleichtert, sah ich nicht aus wie ER. Bis auf die Augenfarbe verband uns nichts. Ich ging ihm gerade einmal bis zur Schulter und war in Körperbau und Gestalt sein genaues Gegenteil. Er war groß, kräftig und bewegte sich, als habe er einen Stock im Hintern. Ich war feingliedrig, schmal und zerbrechlich.

Allerdings war sein weltmännischer und fitter Auftritt auch ein Stück weit Fassade, denn seine Hautfarbe gefiel mir überhaupt nicht. Mit seinem gräulichen Teint unter der Sonnenbräune, den dunklen Augenringen und dem gelblich eingefärbten Augenweiß sah er aus wie ein Workaholic, der sich die Nächte um die Ohren schlug. Oder wie ein Kranker, der sich im Morgengrauen heimlich seine Dosis Medikamente aus der Klinik abholte, bevor er sein gewohntes Äußeres wie ein Superman-Kostüm überwarf und sich mit vorgegaukelter Kraft ins Alltagsleben stürzte. Oder wie ein Drogenabhängiger, der nach dem nächsten Schuss gierte und dem es nur unter größten Mühen gelang, das sorgfältig errichtete Selbstbild weiter aufrechtzuerhalten.

Was genau war es, was er verbarg? Weil meine eigene Lage so trostlos und traurig war, nahm ich mir vor, sein unangenehmes Geheimnis zu ergründen. Das würde mich ablenken. Und meinen Kopf beschäftigen, während meine Hände mit einer Million Griffe dafür sorgen mussten, dieses heillose Chaos hier zu beseitigen. Aber erst mal musste ich mich ausschlafen. Ausruhen, wegdämmern, aus der Realität flüchten. Martin loswerden.

„Ich wohne an der Hauptstraße über dem Gasthaus", sagte Martin unwillig.

„Ist es deine Gaststätte? Bist du Kneipier?" Erstaunt sah ich auf. Das passte überhaupt nicht zu ihm.

„Nein, ich bin Anwalt." Er sagte es in einem sonderbaren Ton, als sei ich geistig zurückgeblieben. „Die Gaststätte ist schon seit Jahrzehnten geschlossen. Ich habe das Gebäude gekauft, weil es billig war. Ich wohne darüber in einer kleinen Wohnung."

„Und wo ist deine Kanzlei?"

„Nirgends." Ungeduldig, als sei es eine Zumutung, einem solch begriffsstutzigen Ding wie mir einen simplen Sachverhalt begreiflich zu machen, schüttelte er mit dem Kopf und schob die gefalteten Papiere in seine Tasche.

„Ich bin in Frührente."

Kurze, knappe Ansagen. Bloß nicht zu viel verraten. Die ungeliebte, gegen den Willen heimgekehrte Tochter könnte ja auf die Idee kommen, brisante Informationen gegen ihn zu verwenden!

„Bist du krank?" Bei meiner Frage regte sich kein Gefühl. Ich war nur neugierig. Wie ein Detektiv setzte ich die ersten Bröckchen zu einem Gebäck zusammen, von dem fraglich war, wie schmackhaft es war: Fahle Haut, gelbliche Augen, zittrige Hände plus Arbeitsunfähigkeit ergab etwas ziemlich Gravierendes. Und er hauste über der stillgelegten Kneipe? Konnte er sich nichts Besseres leisten oder war es eine Art Protest gegen seine eigensinnige Mutter, die offenbar sehr genau gewusst (und mitgeteilt) hatte, was sie wollte?

„Auch wenn es nicht so aussieht, das Haus ist vor einigen Jahren saniert worden", wich er mir aus. „Die Heizungsanlage ist zuverlässig und auch sonst sollte alles funktionieren. Müll musst du neu anmelden. Und die Gebühren überweisen." Er deutete auf einen Zettel, den er für mich auf dem Tisch hatte liegen lassen.

„Ich wünsch dir viel Spaß beim Aufräumen", ergänzte er in spöttischem Ton. „Meine Mutter war eine Sammlerin. Du wirst deine Freude an ihrem Besitz haben."

Ja, das hatte ich auch schon gemerkt. Aber das machte nichts. Ein bisschen freute ich mich sogar auf das Räumen: Da ich ja nun keine Familie und auch keinen Job mehr hatte, fiel ich wenigstens nicht gänzlich in ein bodenloses Nichts.

„Hast du eigentlich gar keinen Mann?", brummte Martin, als könne er meine Gedanken lesen. Missbilligung hatte den Spott abgelöst. „Kommst hier so ganz allein an mit deinem mickrigen Köfferchen? Ist das alles, was du besitzt? Hast es ja weit gebracht im Leben …" Er zog die Nase kraus und deutete auf meinen Rollkoffer, den ich in der Tür hatte stehenlassen.

Ich schüttelte mit dem Kopf. Das war gelogen, denn ich hatte einen Mann. Aber es war auch wiederum die Wahrheit, denn der Mann war mir vor Kurzem abhandengekommen. Oder nicht?

Ich blickte selbst nicht mehr durch. Einzig die Tatsache, dass das Köfferchen meinen ganzen Besitz enthielt, entsprach den Fakten. Ich brauchte weder einen Umzugswagen noch muskulöse Helfer. Alles in unserem stylishen und sauberen Zuhause in der City gehörte Christoph, und selbst mein Job in einer Marketingagentur war an die Nähe zu meinem ehemaligen Zuhause und damit an meine Ehe gebunden gewesen. Und an die Beziehungen meines Mannes. Doch das vor meinem Vater zuzugeben war mir peinlich.

„Meine anderen Sachen kommen später", behauptete ich deshalb. „Ich kann ja schlecht alles allein schleppen, noch dazu in einem Zug."

Martin grinste. Grübchen erschienen neben seinen Mundwinkeln. Lausbübisch und frech sah er damit aus, doch das Äußere konnte nicht über seine spitze Zunge hinwegtäuschen:

„Die reiche Unternehmer-Ex lässt ihren Hofstaat erst später einfliegen. Dann wird das miefige Bett deiner Omi mit dem Rüschenhimmel ja wirklich eine neue Erfahrung für dich, wo du doch Schampus, Häppchen und seidene Laken gewöhnt bist."

„Du hast mich im Internet gegoogelt."

„Klar", gab er zu. „Dich und deinen Mann. Wo ist der eigentlich abgeblieben? Du bist ja ziemlich verwöhnt worden und musstest wohl keinen Tag deines Lebens arbeiten. Oder bist du deinem Mann mit seinem erfolgreichen Start-Up ein bisschen zur Hand gegangen und hast ihm die lästigen, unbedeutenden Aufgaben abgenommen, während er das große Geld gescheffelt hat? Es war ziemlich dämlich, sich so abhängig zu machen. Spätestens in der Midlife-Krise erweist sich dieses Konstrukt für Frauen oft als ziemlich verheerend, wenn eine Jüngere daherkommt."

„Ich arbeite nicht in der Firma meines Mannes und habe das auch nie getan", gab ich empört zurück. Wollte sagen: *Ich bin unabhängig*. Aber das stimmte nicht. Mit Christophs Verlust war mir auch die Möglichkeit, meine berufliche Tätigkeit weiter auszuüben, genommen worden. Man kannte sich in der Branche und hatte mir mit dem Hinweis auf eine angespannte Auftragslage den festen Job unter dem Hintern weggezogen. Hin und wieder fielen noch Freelancer-Aufträge für mich ab, aber von einem stabilen Lebensumfeld konnte keine Rede mehr sein. Mein Vater hatte den Nagel auf den Kopf getroffen: Ich war arbeitslos. Und mannlos. Und heimatlos.

„Wir haben uns getrennt", erklärte ich das unbedingt Nötigste. Er kommentierte diese Offenheit sofort mit einem nächsten Hieb:

„Soso", sagte er. „Dann liege ich mit meiner Theorie, dass es schlecht ist, sich abhängig zu machen, ja gar nicht so falsch. Und nun, alles auf Anfang, aber ohne einen Cent in der Tasche? Da hast du ja schlechte Deals abgeschlossen, Töchterlein."

Ich zuckte bei seinen Worten zusammen. Woher zum Teufel nahm er die Dreistigkeit, so mit mir zu sprechen? Ich wollte wütend und empört sein, aber alles, was ich empfand, waren Scham und Traurigkeit.

Ja, ich hatte ein paar falsche Abbiegungen im Leben genommen, aber rechtfertigte das solch zynische Worte? Zwar hatte keine Jüngere mich von Christoph getrennt, sondern es waren unsere mittlerweile unvereinbaren Lebensvorstellungen gewesen, doch schmälerte dieser Grund nicht meinen bodenlosen Schmerz. Erneut schlugen Wellen unterschiedlichster Gefühle über mir zusammen. Ich wollte dieses Haus nicht! Ich wollte diesen Vater nicht! Ich wollte nicht den Müll und das Gerümpel, das Grundstück oder dieses Gespräch! Auch Christoph wollte ich nicht mehr und meine Tätigkeit als sein kleines, in der Branche belächeltes Anhängsel! Alles, was ich wollte, war Ruhe und Frieden, eine Auszeit, um wieder zu mir selbst und meinen eigenen Bedürfnissen zu finden! Und eine Heimat.

Mir wurde klar, dass beides so schnell auch hier nicht zu finden war. Da ging mein Vater in den Flur und kam mit einer Hundeleine zurück.

„Mit dem Haus erbst du Mandy, die alte Trethupe. Sie ist noch bei mir, aber ich bringe sie dir morgen vorbei. Kümmere dich gut um sie, sie war der Augapfel meiner Mutter."

Entgeistert starrte ich ihn an. Ein Hund? Ich sollte zwangsweise einen Hund adoptieren? Bitte nicht! Egal, ob groß oder klein, ob freundlich oder bissig, ob hübsch oder hässlich – ich mochte keine Hunde! Sie haarten, stanken und beanspruchten ständig Aufmerksamkeit! Kosteten Geld! Mussten erzogen werden! Machten Lärm! Pinkelten alles voll! Und wer zur Hölle nannte seinen Hund „Mandy"?

Meine fehlende Begeisterung war mir vermutlich anzusehen, denn Martin grinste wieder und zeigte erneut diese hübschen Grübchen.

„Sie ist gut erzogen", sagte er in einem fast versöhnlichen Ton. „Sie ist ein liebes Geschöpf, du brauchst keine Angst vor ihr zu haben."

„Ich hab keine Angst!", fauchte ich, noch verärgert von seinen indiskreten und angriffslustigen Fragen. Den Folgesatz „Ich mag keine Tiere", sparte ich mich, ohne genau zu wissen, weshalb.

„Dann ist es ja gut. Morgen kriegst du Mandy und die ganzen Unterlagen wegen der übrigen Dinge, die noch zu klären sind. Strom, Gas, Wasser. Solche Sachen." Martin drehte sich herum und hob die Hand zum Gruß. Er machte sich nicht die Mühe, mir einen Abschiedsgruß zuzurufen.

Als er weg war, sprang ich auf, um hinter ihm herzulaufen. Besser, ich klärte das mit dem Hund gleich! Es war doch eine prima Idee, wenn ER die Töle behielt und Muttis Augapfel einen geruhsamen Lebensabend in der kleinen Wohnung über der Kneipe bescherte! Aber etwas hielt mich zurück. Vielleicht war es mein Gewissen, das mir vorhielt, man dürfe sich aus einem Erbe nicht nur die Rosinen rauspicken. Vielleicht war es auch der uneingestandene

Wunsch, die Wärme eines lebendigen Wesens zu spüren. Auch, wenn es stank und Geld kostete!

Ich verharrte jedenfalls auf halbem Wege und Martin war auch viel zu schnell davongeeilt, um ihn noch zu erwischen.

Es lohnt auch nicht, sagte ich mir, im Stillen längst voller Groll. Martin war nur ein weiterer Baustein meiner Brücke, die mitten in den Untergang führte. Jede Hoffnung, er oder dieses mir überraschend in den Schoß gefallene Zuhause würde mein Leben in irgendeiner Art bereichern, war zu Staub zerfallen. Es war ohnehin eine naive Kleinmädchenhoffnung gewesen. Nichts für eine Frau, die mit beiden Beinen mitten im Alltag stehen sollte.

Traf das auf mich zu? Ich blickte mich in dem Zimmer um, das voll von dem Gerümpel einer toten alten Frau war. Wie sollte ich es schaffen, diesen hässlichen, überfüllten Ort wohnlich zu gestalten? Und *wollte* ich das überhaupt? Es traf sich zwar glücklich, dass sich mir dieses Exil bot, weil ich mit meiner Trennung von Christoph auch mein Dach über dem Kopf verloren hatte und sowieso nicht gewusst hätte, wohin ich hätte gehen sollen. Aber dieses Haus war weit davon entfernt, ein Paradies werden zu können. Und mein Vater, der nun noch einzige lebende Verwandte, war alles andere als eine Familie, die mich auffangen, trösten und beschützen würde.

Innerhalb weniger Wochen war das ganze Gebilde, das meinem Leben seine Struktur gegeben hatte, über mir zusammengestürzt, ohne dass ich etwas hätte dagegen tun können. Was blieb, waren ein kaltschnäuziger Erzeuger ohne jedes Interesse an Austausch und Nähe und eine Müllhalde mit vier Wänden und einem Dach.

Eigentlich, dachte ich bei mir, wollte ich überhaupt nichts mehr. Mir graute vor den Konflikten mit Martin, die unweigerlich folgen würden. Ich fürchtete die Abwicklung meiner Ehe, die jüngst gegen meinen Willen ihr Ende gefunden und auch meinen Job und mein Heim mit in den Abgrund gerissen hatte. Ich wünschte mir keine Neugestaltung meines Daseins und verabscheute die Notwendigkeit, mit der sie sich in meine Gedanken und meine Gefühle drängte.

Es würde mehr brauchen, als die gehäkelte Decke vom Sofa über meinem Kopf, doch mir fehlten Energie, Zuversicht und Mut. Mir fehlte das Gefühl, die Dinge unter Kontrolle zu haben. Mir fehlte die Fähigkeit, mir selbst einzureden, alles sei gut und würde auch ewig so bleiben. Das war mir während meiner Ehe die ganze Zeit gelungen, doch eines Tages war der Schleier vor der Wahrheit verrutscht und mir war keine Wahl geblieben, als genauer hinzusehen.

Kein Wunder, dass ich erschöpft, frustriert und ernüchtert war! Wenn überhaupt, konnte ich nur ein winziges Schrittchen nach dem anderen gehen. Mich selbst dabei beobachten, ob mir die Minischritte gelangen und wie lang mein Atem dabei war.

Ich würde damit beginnen, das Haus herzurichten und regelmäßig die Töle füttern, die ab morgen mein unfreiwilliger Gefährte sein würde. Das war doch zumindest ein Anfang! Zweimal am Tag Gassi gehen, einen Futternapf füllen, Stück für Stück das Haus entrümpeln – das waren leicht umsetzbare Aufgaben, die mir wohl gelingen würden. Immerhin musste ich nun den finanziellen Zusammenbruch oder Obdachlosigkeit nicht auch noch fürchten und allein dieses Wissen schenkte mir bereits etwas Erleichterung.

Trotzdem blieb die Aussicht auf ein einsames Dasein in einer völlig fremden Gegend bedrückend. Zwar hatte ich nie enge Freundschaften gepflegt – meine Arbeit und die Zeit mit Christoph hatten mich ganz und gar in Beschlag genommen – doch hin und wieder ein kleines, oberflächliches Gespräch mit anderen Menschen hätte mir zumindest das Gefühl genommen, der einzige Mensch auf einem im dunklen All treibenden Planeten zu sein. Es war ein Gefühl, das einem den Atem rauben konnte.

Kapitel 2 – Silvana

Es existieren allerlei Theorien über Fabelwesen verschiedenster Art und keine davon trifft wirklich auf uns zu. Menschen nutzen ihre Fantasie, um uns eine Form zu verleihen und über unseren Platz in der Welt zu philosophieren, doch sie kommen der Realität damit nicht besonders nahe.

Mein Baum ist 87 Jahre alt. Damit bin ich noch eine recht junge Baumnymphe, denn viele von uns sind bedeutend älter. Wir werden gemeinsam mit unserem Baum geboren, hegen und beschützen ihn und wenn unser Baum stirbt, dann endet auch unsere Existenz. Wir werden nicht wiedergeboren, denn unsere Aufgabe ist es nicht, im Rahmen verschiedener Leben dazuzulernen und uns weiterzuentwickeln. Wir sind Geschöpfe, die die Natur schützen und das ist unser einziger Daseinszweck. Manchmal ist es uns auch gestattet, in das Schicksal der Menschen ein wenig einzugreifen, aber dies darf nur zu ihrem Besten geschehen. Wir können und dürfen niemandem schaden.

Weil uns niemand sehen kann, wurden uns im Lauf der Jahrhunderte allerlei Gestalten angedichtet: Wir sollen hellhaarige, zarte kleine Wesen mit durchsichtigen Flügeln sein ... Einen schimmernden Glitzerregenbogen hinter uns herziehen ... Feingliedrig und elegant durch die Luft schweben ...

In Mädchenzimmern prangen wir auf Wänden, Gardinen und Kosmetiktäschchen: gut gebaute Frauenzimmer mit langem Lockenhaar und atemberaubend hübschen Gesichtszügen. In den Nächten sollen wir uns versammeln, tanzen und singen. Wir können angeblich zaubern und sind immer sanftmütig, weise und lieblich.

Die Menschen machen sich wirklich eigenartige Bilder von uns, denn wir sind sehr alte und sehr ursprüngliche Wesen. Zartheit und Eleganz würden uns im Spiel der Elemente unter allen möglichen Naturgewalten nichts nützen. Wir sind eher knorrige Wurzeln als gutgebaute Frauenzimmer. Wir sind eher Nebel und Morgentau als durchscheinende Flügelgeschöpfe. Wir sind eher feingezackte Blätter, die im Wind taumeln, als ein in allen Farben erstrahlender Regenbogenschweif.

Man sagt uns auch nach, wir hätten keine Gefühle. Vor dem Hintergrund, dass uns ein menschlicher Körper, Hirn und Nervenzentrum fehlen, kein Blut in unseren Adern fließt und keine Hormone unsere Leiber fluten, trifft das auch zu. Uns fehlen die körperlichen

Voraussetzungen, um Emotionen zu empfinden, die in menschlichen und tierischen Wesen ja immer mit körperlichen Reaktionen einhergehen. Trotzdem können wir so etwas wie das, was ihr *Denken* nennt. Auch unser Bewusstsein kennt Imaginationen und Kreativität. Vor allem, weil ich so aufmerksam die Welt um mich herum beobachte, weiß ich so viel über die Menschen. Ich wüsste gar nichts, wäre die Substanz, aus der ich bestehe, nicht zur Imagination fähig, denn nur mit Hilfe der Fantasie kann man lernen.

Als mein Baum noch sehr jung war, erklärte mir die alte Nymphe, die nicht weit entfernt lebte, es sei ein Segen, kein Mensch zu sein. Wir Naturwesen erscheinen und vergehen ohne Leid. Wir kennen keinen Hunger und keinen Schmerz. Wir müssen keine Entscheidungen treffen, keine Probleme lösen, keine Bindungen pflegen und keine Konflikte ausdiskutieren. Wir sind gleichmütig und rein und unser Seelenleben gerät nie in Unordnung, weil es keinen Körper und demnach auch keine Seele gibt, die ihn bewohnt. Alles, was wir sind, ist reiner Geist und der kann niemals einen Abgrund hinabstürzen, weil auch der Abgrund nicht wirklich existiert.

Ich verstand diese Erklärung viele Jahre nicht, doch ich lebte lange Zeit nach dieser Maxime, ohne sie wirklich zu begreifen. Doch dann kamen die Kinder auf den Hof, an den Ort, an dem mein

Baum stand, und ich erkannte, dass alles eine Lüge war.

Anfangs waren die Kinder winzig und hilflos. Es waren zwei, ein Mädchen und ein Junge, beide mit schwarzen Haaren, wohlgeformten Ohren und niedlichen Nasen. Sie waren beide kurz hintereinander aus ihrer Mutter gekrochen – ein Prozess, der mich lange in Staunen versetzte, denn wenn wir Nymphen in unseren Baum gelangen, fließt nicht ein Tropfen Schweiß oder Blut – und sie waren, obwohl sie noch so klein waren, schon richtige Menschen. Natürlich ist eine Nymphe auch gleich eine Nymphe, sobald sie in ihrem Baum erwacht, aber weil wir keine feste Gestalt haben, spielt das keine Rolle.

Ich saß oft hinter der Scheibe ihres Zimmerfensters und starrte gebannt hinein.

Ich schaute zu, während sie gebadet, gefüttert oder in den Schlaf gewiegt wurden. Alles an ihnen schien mir herrlich zu sein. Wie sie dieses Wunder vollbrachten, das erste Mal auf ihren krummen Beinchen zu stehen! Wie sie neugierig und voller Energie die Welt um sich herum entdeckten! Wie sie lernten und verstanden.

Ich war dabei, als sie ihre ersten Worte sprachen und später auf Papier festhielten. Ich begleitete sie, ohne dass sie es ahnten, während sie sich stritten, versöhnten, miteinander spielten, weinten, tobten und lachten.

Im vierten Sommer nach ihrer Ankunft schaukelten sie auf einem Brett, das ihr Vater mit Seilen an meinem Baum befestigt hatte. Im siebten Sommer pflückten sie die reifen Früchte von meinen Zweigen und bissen lustvoll hinein. Der Saft rann ihnen die Mundwinkel hinunter und die geliebten Gesichter erstrahlten in kindlicher Verzückung.

Immer, wenn ich in ihrer Nähe war, dachte ich an die Worte der alten Nymphe und meine Zweifel wurden größer. Konnte es etwas Schöneres geben, als Menschen? Waren sie nicht uns gegenüber im Vorteil mit ihren Fähigkeiten, in der Welt mitzumischen, die Welt mitzugestalten, mit anderen Menschen in Interaktion zu treten?

Ich konnte ihre Seelen strahlen sehen, wenn sie dem Vergnügen nachgingen, ihre nackten Füße in den Teich zu tauchen oder wenn sie im Herbst in Stiefeln durch die Pfützen sprangen. Ich sah ihre Herzen voller Lust und Freude schlagen, wenn sie einander leise unter der Bettdecke selbsterdachte Geschichten erzählten. Ich erkannte den Glanz in ihren Augen, wenn sich das Kaminfeuer darin spiegelte und sie stumm Hand in Hand davor verharrten, während draußen ein eisiger Nordwind um das Haus strich. Sie waren einander genug und sie waren *mir* genug. Sie waren alles, was ich jemals wollte.

Ich kümmerte mich noch um meinen Baum, um meiner Pflicht Genüge zu tun, aber ich hörte auf, mit den anderen Nymphen durch die Gegend zu fliegen oder nach Wesen Ausschau zu halten, die meiner Hilfe bedurften. Ich rutschte mit einem Fuß in diese menschliche Welt, die so verlockend und verheißungsvoll für mich war, dass sie mich magisch anzog.

Und mein Fuß, das dumme, uneinsichtige Ding, blieb darin hängen! Damals wurde mir auch klar, dass die Behauptung, Geschöpfe der Natur fühlten nichts, nicht stimmen konnte. Zwar hatte ich kein Herz, dessen Schlag sich beschleunigen konnte, doch nahm ich deutlich die friedvolle, fröhliche Wärme wahr, die mein ganzes Sein durchpulste wie Wasser ein Flussbett, wenn ich die Stimmen meiner Kinder hörte.

Wie lange diese wunderbare Zeit dauerte, wusste ich nicht, denn wir Nymphen kennen kein Konzept von Zeit. Für uns ist jeder Tag gleich und wir leben im Hier und Jetzt, während das menschliche Dasein von einem Gestern und einem Morgen umklammert wird. Ich kannte den Sinn von Zahlen und hätte wohl darauf achten können, wie oft die Jahreszeiten wechselten, doch es erschien mir sinnlos. Nach dem siebten Sommer hörte ich auf zu zählen und vertraute darauf, dass dieses Jetzt ewig so bleiben würde. Mir war nicht klar, dass menschenartige Gefühle teuer erkauft werden müssen und deshalb warf mich der Verlust meiner Kinder völlig aus der Bahn.

Das siebte Jahr war lange her. Die Stricke der Schaukel waren schon porös geworden und hätten niemanden mehr getragen. Die Kinder liefen nicht mehr flink wie die Wiesel mit dürren, verschorften und mückenstichigen Beinen durch das hohe Gras, sondern verkrochen sich in ihren Zimmern hinter schwarzen Geräten, auf denen allerlei lustige Dinge passierten. Sie waren groß geworden und die Stimme des Jungen hatte an Tiefe dazugewonnen. Sie erzählten sich auch keine Geschichten mehr im Bett – jedes von ihnen schlief allein.

Trotzdem waren es immer noch *meine* Kinder. Ihre Anwesenheit brachte Licht in meinen Tag und je öfter ich sie sah, umso üppiger blühte mein Baum. Leute, die ihn sahen, berührten ehrfurchtsvoll die Rinde und reckten die Hälse, um in die weit ausladende Krone zu blicken: „Wie herrlich dieser Apfelbaum blüht!", sagten sie dann. Und ich dachte an meine Kinder, die immer noch aus vollem Herzen über einen Witz lachten und sich gegenseitig mit dem Rasensprenger besprühten, bis ihnen die Tropfen aus den Haaren liefen.

Eines Tages hielt ein großer LKW auf dem Hof, der die ganzen Möbel und die bereits seit Wochen gepackten Kisten in seinen großen Bauch lud. Ich hatte gespürt, dass etwas im Gange war. Weniger wegen der Bemühungen, den ganzen Besitz in großen Kartons zu verstauen, als vielmehr von der Hektik und Aufbruchstimmung, die sich wie ein schleichendes Gift im gesamten Haus verteilte. Vier Männer mit breiten Schultern und verschwitzten Gesichtern räumten das Haus leer und schon zu diesem Zeitpunkt hatte eine kalte Hand mein Inneres ergriffen und kräftig zusammengequetscht.

Als die Mittagssonne am höchsten Punkt stand, versammelte sich die Familie vor dem Haus. Sie schlossen die Tür ab, nahmen einander in den Arm und warfen gemeinsam einen Blick zurück. Ich ahnte, dass es diesmal nicht so sein würde wie sonst, wenn sie wegfuhren oder weggingen: Die Zimmer waren leer, die Bilder fehlten an den Wänden, die Bücher das Mädchens steckten in einem Karton unter Kleidung, der in dem LKW den Hof bereits verlassen hatte. Im Zimmer des Jungen blieb einzig eine schwarze Socke übrig, die sich hinter der Heizung versteckte.

Als ich die Blicke dieser vier Menschen sah – gleichermaßen wehmütig wie abenteuerlustig – da wurde mir klar, dass sie diesmal nicht zur Schule und zur Arbeit fahren würden. Wenn sie nun ihren Wagen bestiegen, dann taten sie es, um nie mehr zurückzukehren.

Obwohl ich ahnte, was passieren würde, hoffte ich, sie würden wiederkommen. Aber das passierte nicht.

Ich wartete den Rest des Sommers und die Periode der bunten Blätter hindurch. Ich wartete, als weiße Flocken, Reif und Eis meine Äste überzogen. Ich wartete und wartete. Spätestens jetzt wusste ich, dass Nymphen sehr wohl etwas fühlen können. Oder war ich vielleicht die Einzige unter ihnen, die das konnte? Es war gleichgültig. Meine Familie war weg. Die größte Freude meines Lebens, die Unbeschwertheit, Fröhlichkeit und Sinn in meinen ewigen Kreislauf von Blüten, Blättern, Früchten und winterschlafende Dürre gebracht hatte, war verschwunden.

Ich begann, mich krank zu fühlen. Mein einst stolzer Baum wurde kümmerlich und schwach. Er bildete wenig Blüten aus und trug keine Früchte mehr. Ich suchte in meinen Erinnerungen nach den Momenten mit den Kindern, doch weil es für mich kein Gestern gab, waren mir diese Bilder kein Trost. Das nagende, zehrende Gefühl erfüllte mich ganz und gar und wollte einfach nicht mehr nachlassen. Obwohl ich nach allen Regeln der Logik kein Herz besaß, konnte ich spüren, wie es brach.

Ich klagte der alten Nymphe des Nachbarbaums mein Leid und erzählte ihr von dem Plan, den ich geschmiedet hatte: Ich würde einfach losziehen und meine Kinder suchen. Vielleicht würde es mir, auf welchem Weg auch immer, gelingen, sie dazu zu bringen, zurückzukehren? Doch die alte Nymphe schüttelte nur mitleidig den Kopf.

„Du kannst deinen Baum nicht verlassen", sagte sie und warf damit glühende Feuerbälle, die in meinem Inneren explodierten. „Niemand von uns kann das. Wir müssen immer in Sichtweite unseres Baums bleiben. Wenn wir ihn verlassen, beginnt er zu sterben, und das wäre nicht recht."

„Ich gehe einfach trotzdem", erwiderte ich und erkannte in meinem Tonfall die gleiche bockige Art, wie das Mädchen sie gezeigt hatte, wenn die Mutter verlangt hatte, das Zimmer aufzuräumen oder Hausaufgaben zu machen. Aber es war keine Bockigkeit, sondern pure Verzweiflung, nur, dass ich damals keinen Namen dafür hatte.

„Du verstehst es nicht", sagte die alte Nymphe. Sie war nun nicht mehr mitfühlend, sondern streng. „Wenn du deinen Baum sterben lässt, stirbst du auch."

„Was passiert, wenn ich sterbe?"

„Dann verschwindest du und es wird sein, als hättest du nie existiert. Naturwesen ist die

Möglichkeit einer weiteren Chance nicht gegeben."

„Na und, dann sterbe ich eben", gab ich zurück. Ich war bereit, alles zu tun, um diesen Schmerz nicht mehr fühlen zu müssen.

„Naturwesen ist auch die Möglichkeit der freien Entscheidung nicht gegeben", schob die alte Nymphe nach. „Versuch doch mal, deinen Baum zu verlassen."

Ich hatte das noch nie gewagt, war auch gar nicht auf die Idee gekommen. Es hatte keine Notwendigkeit dafür gegeben. Aber nun versuchte ich es, viele Male sogar.

Aber es gelang mir nicht. Immer, wenn ich außer Reichweite meines Baums geriet und in der Ferne verharrte, sorgte eine nicht fassbare Macht dafür, mich wieder zurückzutreiben, als würde mich ein unsichtbares Band mit dem Baum verbinden, das an mir zerrte und zog. Ich brauchte immer eine lange Zeit, um mich von dem Energieverlust zu erholen, den diese Ausflüge mit sich brachten.

Irgendwann war mir klar, dass ich in meiner Gestalt als Naturwesen meine Suche nicht umsetzen konnte. Und da erwachte der unumstößliche Wunsch in mir, ein Mensch zu werden.

Ich wusste, dass das möglich war. In der Feenwelt kursierten Gerüchte über Menschen und

Feen, die schon einmal die Identitäten getauscht hatten. Sie wurden nur hinter vorgehaltener Hand erzählt, als trügen sie etwas Anrüchiges an sich. Haarsträubende, Angst machende Versionen wechselten sich mit leise gesungenen Liedern von grenzenloser Freiheit ab. Die unbekannten Pioniernymphen, die natürlich niemand persönlich kannte, wurden von einigen als *Vorreiterinnen*, von anderen als *Verräterinnen* bezeichnet. Manche hielten die Geschichten für ganz und gar erlogene Märchen, aber für mich wurden sie zum rettenden Anker.

Ich blieb in meinem Baum, Tag und Nacht, Woche um Woche, Jahr um Jahr. Ich harrte aus, weil ich wusste, dass irgendwann ein Mensch kommen würde, der schwach und hoffnungslos genug war, um mir seine Identität anzubieten, weil er sie gründlich satthatte.

Und dieser Mensch kam tatsächlich. Aber es lief alles ganz anders, als ich gedacht hatte.

Kapitel 3 - Karsta

Alte Frauen sind nicht gut darin, Haus und Hof zu bestellen. Ihre Rücken sind gebeugt, ihre Knochen ächzen und schmerzen, ihre Hände haben die frühere Kraft längst an die Mühsal des vergangenen Lebens verloren.

Hetty und ich waren immer ein eingespieltes Team, noch als unsere Eltern in dritter Generation den Hof bewirtschafteten und auch in den Jahrzehnten danach, als wir von den Leuten im Ort die zwei alten Jungfern genannt wurden.

Meine tüchtige Schwester kümmerte sich um den Haushalt. Sie putzte und kochte, wusch und bügelte. Sie sorgte auch dafür, dass Rechnungen bezahlt wurden, und beschäftigte sich auf ihre alten Tage sogar mir diesem rätselhaften Wunderding namens Computer, in dem sich, wie sie behauptete, das gesamte Wissen der Menschheit finden ließ.

Ich war weder technisch begabt noch interessiert am gesamten Wissen der Menschheit. Meine Zuständigkeit war der Garten. Ich jätete und harkte, beschnitt und zupfte, pflanzte, säte und erntete. Von den Kräutern, Wurzeln und Gewächsen, die ich anbaute, stellte ich Heiltränke und Medizin für verschiedenste Leiden her, die ich im Ort verkaufte. Die netten Leute im Dorf nannten mich „die Kräuterfrau", die weniger freundlichen bezeichneten mich hinter meinem Rücken als „Garstica", eine Verballhornung meines schroff klingenden Namens. Dabei war ich gar nicht garstig, nur kamen mir selten Menschen nahe genug, um das zu erkennen. Hetty wusste nicht, dass ich wusste, dass manche Leute über mich tuschelten. Es hätte sie gewiss bekümmert, deswegen verschwieg ich es ihr. Ebenso teilte ich ihr nicht mit, dass ich über das Gerede der Dorfbewohner hinaus noch weit mehr mitbekam, als gemeinhin angenommen wurde.

Als echte „Hexe", die sich der Natur und ihrer Gaben bediente, um zu heilen, besaß ich eine tiefe Verbindung zu all den Dingen zwischen Himmel und Erde, die sich mit Vernunft nicht erklären lassen. Meine eigene Großmutter, von der ich all die Rezepte erfahren hatte, hatte einst behauptet, ich hätte das Zweite Gesicht, aber dieser Begriff wurde in späteren Jahren nahezu überhaupt nicht mehr genutzt. Ich hatte ihn auch nie gemocht. Es klang, als zöge ich mir eine selbst gebastelte

Maske über Augen, Mund und Nase, um der Welt einen Betrug vorzugaukeln.

Jedenfalls kamen Hetty und ich ganz gut zurecht. Uns quälten keine großen Sorgen, gesundheitlich waren wir – dem Alter und den Umständen entsprechend – gut aufgestellt. Das Anwesen war dank der Hilfe bezahlter Handwerker gut in Schuss und wir benötigten wenig, um ein solides und zufriedenstellendes Leben zu führen.

Mit den Jahren wurde die Gartenarbeit allerdings so beschwerlich, dass wir im Herbst, wenn die Blätter aufzusammeln waren, und im Frühjahr, bevor die neue Saison losging, einen jungen Mann einstellten, der uns zur Hand ging und die anstrengendsten Tätigkeiten abnahm. Hetty hatte darauf gedrängt, wenn sie mich beim Blätter harken und Loch ausheben japsen sah, doch ich hatte mich stets geweigert, einem Fremden Einlass in mein heiliges Refugium zu gewähren. Nachdem ich mir jedoch an einem Novemberabend den Rücken so heftig gezerrt hatte, als ich einen Sack voller Eicheln zum Straßenrand schleppte, dass ich zehn Tage bewegungsunfähig im Bett verbringen musste, war auch ich überzeugt.

Deshalb begrüßte ich Raffael, den südländisch wirkenden Besitzer des einzigen Blumenladens am Ort, mit einem herzlichen Lächeln, als er vorbeikam, um ein paar Blumen abzuholen und gleich auch den Rasen zu mähen.

„Ciao, Karsta", rief er mir entgegen. Ich sah auf und sofort erfüllte sein freundliches Lächeln mein Herz. Er schien immer zu lächeln und niemals schlechte Laune zu haben. Raffael war nicht nur unsere helfende Hand, die für einen kleinen Obolus Büsche schnitt, Obst pflückte und an den heißen Sommertagen die Beete goss, sondern er verkaufte einen ansehnlichen Teil meiner durchaus bemerkenswerten floristischen Ausbeute in seinem Geschäft und sicherte uns damit eine weitere kleine Einkommensmöglichkeit.

Nur schwerfällig kam ich aus der Hocke in den Stand und wischte mir mit den behandschuhten Fingern über die Stirn.

„Ciao, Raffael", erwiderte ich den Gruß und trat aus dem Beet, um meinem Unterstützer einen kräftigen Kaffee und ein Stück Apfelkuchen zu servieren.

„Ich will dich nicht stören", winkte er ab. „Nur die Tulpen will ich abholen. Ich hoffe, du hast jede Menge davon. Die Narzissen haben sich wunderbar verkauft. Die Leute sehnen sich nach dem Frühling."

„Kein Wunder." Ich drückte mir die Hände in die Lenden, um meinen schmerzenden Rücken zu stabilisieren, und ging auf tapsigen Schritten zurück ins Haus. „Die Sonne verwöhnt uns ganz schön, obwohl es noch so früh im Jahr ist."

„Das lässt auf einen heißen Sommer schließen?" Raffael war mir ins Haus gefolgt und nahm zwei Kaffeetassen aus dem Küchenschrank. Unser Ritual lief immer gleich ab. Er behauptete, er wolle nur etwas bringen, abholen oder erledigen, dann holte er Geschirr und Besteck herbei, während ich das Kaffeepulver in die Maschine schüttete und den Kuchen anschnitt.

„Nein, das sagt überhaupt nichts über den Sommer. Jetzt kann man noch keine Prognosen abgeben", widersprach ich. Auch das war so ein Programm, das zwischen uns lief: Er gab eine Bauernweisheit zum Besten und ich klopfte sie auf ihren Wahrheitsgehalt hin ab.

„Ich hab ein paar Sorten Fosteriana-Tulpen, die sich gut in der Vase machen", kam ich auf seine Bitte zurück, als wir am Küchentisch Platz genommen hatten. Der Kaffeeduft vermischte sich mit dem Geruch frischer Äpfel und ich suchte im Kühlschrank nach aufgeschlagener Sahne, um den Genuss zu komplettieren.

„Sie sind himbeerrot und cremeweiß, einige auch orange. Die Papageientulpen sind noch nicht so weit. Ich schätze, da wirst du bis Mai warten müssen."

Der erste Schluck Kaffee schmeckte himmlisch. Noch dazu in dieser angenehmen Gesellschaft. Raffael kam viel zu selten vorbei. Da er den Blumenladen fast allein und nur mithilfe einer einzigen Aushilfe führte, verfügte er nur über wenig Freizeit. Mir tat es manchmal leid, dass er dieses kleine Quäntchen Zeit dann auch noch in unsere Beete oder unseren Rasen investierte, aber dafür teilten wir auch schöne Stunden und jede Menge Kuchen. Für den obligatorischen Schwatz war immer Zeit. Wenn Raffael erkältet war oder Kopfschmerzen hatte, was äußerst selten vorkam, dann versorgte ich ihn außerdem mit passender Naturmedizin. Eine Hand wusch die andere.

„Das sind die mit den gezackten Rändern. Auf die freue ich mich besonders." Raffael schob sich ein großes Stück Apfelkuchen mit Schlagsahne in den Mund und kaute genießerisch.

„Hetty hat sich wieder selbst übertroffen!"
Ich lächelte. Ja, meine Schwester Hetty war nicht nur von einem milden, liebevollen Wesen, sondern auch eine Meisterin am Backofen.

„Stimmt und sie blühen rot und gelb ... Außergewöhnlich schöne Exemplare."

Raffael sah mich eine Zeit lang schweigend an.

„Ich verstehe überhaupt nicht, warum die Leute im Dorf behaupten, du wärst abweisend und spröde." Er kaute und sprach gleichzeitig. Sein schwarzes Haar fiel ihm in die Stirn, die dunkle Haut verlieh ihm etwas Verwegenes. Schade, dass ich nicht fünfzig Jahre jünger war!

Ich lehnte mich zurück. Über diese Geschichten mochte ich nicht reden. Es gab mir immer das Gefühl, mich rechtfertigen zu müssen, obwohl Raffael sicher der letzte war, der das von mir erwartete.

„Ich finde dich sehr herzlich und freundlich", erklärte er weiter. „Es ist in Ordnung, wenn man Fremden reserviert begegnet. Man weiß ja erst mal nicht, was sie im Schilde führen." Auf seinem Teller war kein Krümel übriggeblieben. Er schob ihn zur Seite und goss sich Kaffee nach. Mit Milch und Zucker, wie er ihn mochte. Für Raffael konnte ich im Schlaf und bei vierzig Fieber den Kaffee zubereiten.

„Apropos, die Enkelin von der alten Isolde schräg gegenüber soll das Haus bezogen haben. Martin Bock ist enterbt worden, heißt es im Dorf.

Ist seit Tagen das Hauptthema am Stammtisch. Nicht, dass ich dahingehen würde."

Diesen Blick, den er jetzt zeigte, mochte ich besonders gern. Als ob er der Einzige war, der ein Geheimnis kannte. Nun, ein Geheimnis kannte er vielleicht nicht, aber ganz sicher war er auf reichlich Geläster und Gerede gestoßen. Sein Laden war vermutlich ein Hauptumschlagplatz für Gerüchte.

„Niemand weiß, warum Isolde eine Generation übersprungen hat. Sie sollen sich ja nicht grün gewesen sein, der Anwalt und seine betagte Mutter, aber dass sie dann wirklich ernstmacht und das Blag, das sie nicht einmal kennt, so reich beschenkt ..."

„Das Blag?" Meine Brauen gingen nach oben. „Die Mutter ist vor über dreißig Jahren aus dem Ort weggegangen, da konnte *das Blag* aber schon laufen. Ich sehe sie noch vor mir mit ihren spitzen Knien und den blonden Zöpfen. *Das Blag* ist inzwischen bestimmt Mitte dreißig. Und warum die Isolde ihr das Haus vererbt hat und nicht ihrem Sohn, das geht uns überhaupt nichts an. Die Stammtischrunde übrigens auch nicht."

Ich ließ das halbe Stück Kuchen liegen. Im Alter schaffte man nicht mehr so viele Kalorien, obwohl mir ein paar mehr bestimmt gutgetan hätten. Ich sprach weiter und dachte laut nach:

„Sie fühlt sich bestimmt fremd hier im Dorf und mit ihrem Vater ist nicht gut Kirschen essen. Der hat, seit er seine Praxis schließen musste, bestimmt schon vier Leute verklagt. Wegen alter Rechnungen, Lärm und solch banalen Dingen. Er ist frustriert und gelangweilt und hat diese Kneipe am Hals, die baufällig und marode ist und ihm keinen Cent einbringt."

„Meinst du, sie wird sich hier wirklich häuslich niederlassen? Das Blag, meine ich. Du weißt schon, die Auszeit der gestressten Großstädter auf dem Land. Frieden, Ruhe und Güllegeruch."

„Quatschkopf." Ich stand auf und sammelte das Geschirr in der Spüle. Weil Hetty auf dem Wochenmarkt war, konnte ich das Spülen einmal übernehmen, dann hatte sie weniger zu tun, wenn sie nach Hause kam. Eine Spülmaschine besaßen wir nicht. Neumodisches Zeug, nannte Hetty diese Dinger. Sie hatte auch nur mit den Augen gerollt, als Raffael mit einem Laubbläser und einer elektrischen Astschere aufgetaucht war.

Raffael erhob sich ebenfalls.

„Die alten Geschichten ...", sagte ich. „Man sollte sie ruhen lassen." Raffael schaute mich fragend an. Er verstand nicht, was ich meinte, hakte aber nicht nach. Es war auch nicht wichtig genug.

„Ich kümmere mich um die beiden Bäumchen, die du hinter dem Stall pflanzen wolltest", sagte er. „Ich hebe dir zwei Löcher aus und bereite alles vor. Dann kannst du sie vor dem Einsetzen segnen oder was immer du mit Bäumchen machst."

„Danke." Schnell packte ich ihm ein zweites Stück Kuchen in eine Dose, damit er es nachher mitnehmen konnte. Stellte noch die Reste des kalten Bratens von gestern Abend daneben. Ich sparte mir, ihm zu erzählen, dass in Bäumen kleine Wesen lebten, die unser Treiben interessiert beobachteten und sich um das Wohlergehen des Gewächses kümmerten. Ich wollte seine Toleranz und Nachsicht mit meiner schrulligen esoterischen Art nicht überstrapazieren. Natürlich würde ich die frisch gepflanzten Bäumchen segnen und den Wesen, die darin wohnten, huldigen, aber das musste er nicht so genau wissen.

„Den Rasen mähen kann ich vermutlich erst nächste Woche. Und auch erst nach Feierabend. Dann kann Martin Bock mich auch gleich verklagen, wegen der Ruhestörung."

Raffael dreht sich in der Tür zu mir herum. Eine Falte hat sich zwischen seinen Augen gebildet. So wirkte er fast finster, trotz der hübsch geformten, vollen Lippen und der ausdrucksstarken großen Augen. Und tatsächlich hatte er auch keine guten Nachrichten.

„Lisa hat übrigens gekündigt", sagte er.

„Was?" Ich blicke von dem Braten, den ich gerade abdecken wollte, auf. Lisa war seine einzige Aushilfe. Wie sollte er allein den gesamten Laden stemmen?

„Sie will sich auf ihre Prüfungen konzentrieren", sagte er bekümmert. „Und im Herbst geht sie eh weg, um zu studieren. Jeder, der aus diesem Kaff rauskommt, kehrt nicht so schnell zurück."

„Ach Gottchen, das tut mir leid", gab ich zurück. Das tat es wirklich. Er hatte sowieso nicht viel Freizeit. Nun würde es noch viel weniger werden. Aber das Blumengeschäft war sein Ein und Alles. Es lief erstaunlich gut und bildete den Kern seines Alltags, um den herum er alles Übrige sortierte.

„Du brauchst eine neue Aushilfe", schlug ich vor. „Häng einen Zettel beim Bäcker und im Supermarkt auf. Bei den Ärzten und in der Apotheke. Es wird sich schon jemand finden."

Meine Zuversicht schien abzufärben. Er lächelte wieder und warf mir eine Kusshand zu.

„Ich liebe deine pragmatische Art", sagte er und verschwand nach draußen, um sich nützlich zu machen. Als ob nicht seine Anwesenheit allein Freude genug gewesen wäre!

Versonnen schaute ich auf das Fresspäckchen, das ich ihm gerade geschnürt hatte. Natürlich würde sich jemand finden, irgendwelche Leute suchten immer einen Job. Wichtig war nur, dass die Person fleißig und ehrlich war. Wer weiß, vielleicht entpuppten sich die persönlichen Qualitäten dieser erträumten Frau ja vielleicht sogar als ebenso brauchbar wie ihre beruflichen? Jemand wie Raffael sollte das Leben nicht allein verbringen! Er war nicht so wie Hetty und ich. Und streng genommen waren wir auch nicht wirklich allein gewesen, denn wir hatten ja einander gehabt. Geschenk und Fluch zugleich, wie wir beide wohl wussten!

Für die alte Isolde war niemand da gewesen, denn der Sohn hatte sich auf seine Anwaltskanzlei konzentriert und höchstens dreimal im Jahr einen Pflichtbesuch hinbekommen. Und die Enkelin hatte ich dort niemals gesehen. Zerrüttete Familie, eigenartige Verhältnisse.

Die jüngst hier Angekommene, *das Blag*, würde es nicht leicht haben, sich im Dorf einen Stand zu erarbeiten. Falls sie überhaupt hierbleiben wollte. Vielleicht war sie auch eine dieser Karrierefrauen, die ohne Stadtluft um die Nase nicht überlebten, abends in teuren Restaurants essen gingen und mit ihren Stöckelschuhen im Pflaster hängen blieben.

Womöglich war sie nur gekommen, um die Lage zu checken, und beauftragte einen Makler mit dem Verkauf des Hauses. Gewiss lauerten einige Schätze unter dem Dach, denn neben dem ganzen wertlosen Plunder, den die alte Isolde gehortet hatte wie ein Eichhörnchen seine Nüsse, hatte sie wohl auch einige wertvolle Möbel und Schmuckstücke besessen. Das wusste ich, weil ich in früheren Jahren mit ihr befreundet gewesen war.

Wie auch immer, die nächste Zeit würde spannend werden. Da wir fast direkte Nachbarinnen waren, würde es unumgänglich sein, sich früher oder später über den Weg zu laufen.

Kapitel 4 – Merle

Mandy, die Töle, war ein altersschwacher Yorkshire-Terrier, der auf seinen stummelkurzen Beinchen kaum mit mir Schritt halten konnte. Zunächst hatte sie sich ängstlich hinter meinem Vater versteckt und war auf keinen meiner gespielt zärtlichen Lockrufe eingegangen. Ich verlor schnell die Lust und erhob mich aus der Hocke.

„Blödes Vieh", kam es mir über die Lippen, bevor ich es verhindern konnte. Ich besaß wenig Geduld mit tierischen Wesen und wenn jemand so ängstlich war, erinnerte mich das unangenehm an meine eigenen Hemmungen, weswegen ich es nur schwer ertrug.

„Mandy – was ist das überhaupt für ein bescheuerter Name für einen Hund? Wie aus diesem schmalzigen Lied von Barry Manilow aus den Achtzigern! Ohhh, Maaaandy ... Lalala ... lalala lala ..." Genervt rollte ich mit den Augen und trällerte ein paar Melodiefetzen.

Erstaunlicherweise schien das Tier den Song zu kennen. Es schaute zwischen den Beinen meines Vaters hervor und wedelte mit dem Schwänzchen. Ich ging wieder in die Hocke und streckte die Hand nach dem Hund aus. Neugierig schnüffelnd wagte Mandy sich näher und so schlossen wir Bekanntschaft.

„Meine Mutter hat ihr dieses Lied immer vorgesungen", sagte mein Vater, der wieder in einem Poloshirt, diesmal in smartem Grau, und einer weit geschnittenen, aber gutsitzenden Jeans steckte. Er wirkte zerknittert und erschöpft, als habe er schlecht geschlafen. Darüber täuschte auch seine hochwertige Kleidung nicht hinweg.

Ich stand auf und sah an mir herunter. Jogginghose und ein langärmeliges Shirt in ausgebleichtem Smaragd – genau richtig für einen Tag zum Ausmisten, aber nicht gerade kleidsam. Eigentlich trug ich verspielte Kleidung, die mich etwas romantischer und weiblicher erscheinen ließen und meinen knabenhaften Körperbau ein wenig vertuschten. Ich mochte Pastellfarben, florale Muster und fließende Stoffe und war durchaus, wenn ich mich etwas herrichtete, zwar keine besonders auffällige, aber auch keine reizlose Erscheinung. Vielleicht ein wenig zu niedlich, um ernst genommen zu werden, aber immerhin ein hübscher Anblick. Hier schien es mir irgendwie überhaupt nicht zu gelingen, mich so zu präsentieren, wie ich wirklich war. Es war die Schatten-Merle, die sich hier bewegte und agierte. Die Schatten-Merle hatte

Gespräche mit dem kurz angebundenen Martin Bock geführt, die Schatten-Merle war ohne ein Abendessen wie erschlagen ins Rüschen-Himmelbett gefallen und hatte morgens nicht gewusst, wo sie war. Sie war es auch, die nun die Leine und das Hundefutter entgegennahm und skeptisch beäugte, wie Martin den mitgebrachten Korb ausräumte. Milch, Butter, Käse und Aufschnitt wanderten in den Kühlschrank, Wasser, Obst, Brot und eine Tafel Schokolade auf die Arbeitsfläche neben dem Herd.

„Ich nehme an, du warst noch nicht einkaufen", erklärte Martin seine ungewohnt mitfühlende Aktion. Ich legte die Stirn in Falten und verschränkte die Arme, während Mandy mit tapsigen Pfoten um mich herumschlich. Es ging ihn überhaupt nichts an, ob und was ich aß, wie ich schlief oder womit ich meine Zeit verbrachte. Und weil mein Herz von Misstrauen und Ablehnung erfüllt war, konnte ich nicht anders, als seiner eigentlich freundlichen Geste eine böse Absicht zu unterstellen. Ich griff nach meiner Geldbörse und angelte nach einem Zwanzigeuroschein.

Mein Vater nahm das Geld nicht nur an, er zog auch die Stirn kraus, nickte vielsagend und vergaß nicht zu erwähnen: „Bezahlt hab ich dreiundzwanzig achtzig."

Seufzend öffnete ich erneut das Portemonnaie. Schob einen Fünfer hinterher. Er sah ganz und gar nicht so aus, als müsse er um fünf Euro Kreditrückzahlung betteln. Trotzdem sagte ich mit braver Kleinmädchenstimme. „Vielen Dank für den Einkauf."

Christoph hatte diese Stimme geliebt. Und den Blick dazu! Erst, als ich aufhörte, beides zu nutzen und stattdessen als gleichberechtigte Partnerin behandelt werden wollte, fiel ihm auf, dass wir nicht zusammenpassen. Vielleicht war es auch meine Schuld gewesen, weil ich nicht so bleiben wollte, wie er mich kennengelernt hatte.

Ich seufzte wieder und bückte mich, um die kleine Mandy anzuleinen. Sie hatte hübsche, kluge Augen und war ganz scharf darauf, mit mir eine Runde zu drehen. Deshalb schob ich mich ohne ein weiteres Wort vorbei und ließ meinen Vater, das vollgestopfte Haus und das abgelegene Grundstück hinter mir.

Das Dorf präsentierte sich mir in seinem Frühlingskleid und damit von der besten Seite. Ein- und Zweifamilienhäuser mit gepflegten Vorgärten dominieren die blitzsauberen Straßen. Tulpen und Narzissen recken ihre bunten Köpfchen fröhlich aus den Beeten. Die wenigen Menschen, die mir begegneten, grüßten freundlich, aber verhalten.

Es gab im Ort einen Supermarkt, besagte Kneipe, die geschlossen war, und eine lang gestreckte Hauptstraße mit allerlei kleinen Läden. Ein Idyll, mochte man meinen, das seine hübsch polierte Fassade in die Sonne hielt.

Mandy kannte den Weg und ich ließ mich von ihr treiben. Schließlich zog es mich aber zurück in unsere Einöde, weil ich mit dem Ausmisten und Aufräumen anfangen wollte. Mandy hatte offenbar nichts dagegen. Sie hörte wirklich aufs Wort und folgte mir in dem ihr eigenen behäbigen Rhythmus.

Als ich vor einem Haus, das etwas abseits der Straße lag, stehen blieb, hob der Hund die Nase und schnüffelte in der Luft.

Ich war stehen geblieben, weil dieses Haus und seine Nebengebäude unglaublich waren. Wenn ich beim Haus meiner Großmutter, das bis vor Kurzem jedenfalls bewohnt gewesen war, bereits an Verfall gedacht hatte, so war dieses Anwesen schon seit Urzeiten in der Auflösung begriffen. Verlassen und beinahe bedrohlich ragte es mit seinen großen Ausmaßen finster und trist aus dem strahlenden Frühlingstag heraus und schien sogar eigene Schatten zu produzieren, die weit über natürliche Schatten hinausgingen.

Das Hauptgebäude war ein lang gestreckter, unattraktiver Klotz in verwaschenen Grau-, Braun- und wenig Rottönen, dessen Fenster und Türen mit Brettern vernagelt waren. Mannshoch wurde es von Gestrüpp und ungehemmt wilderndem Unkraut umrahmt. Zwischen zwei windschiefen Scheunen aus zerfallenden Balken, die in der Nähe gruppiert waren, befanden sich die rostigen Skelette alter Baumaschinen, die seit mindestens zwanzig Jahren keinen Meter mehr gefahren waren. Rechter Hand, wenn man vor dem Haupthaus stand, befand sich, fast direkt an der Straße, ein Gebäude, das wirkte, als sei es aus der Nachkriegszeit ins Jetzt gelangt: Es war fast bis auf die Grundmauern zusammengefallen; Holzbalken und Ziegel bildeten Haufen auf dem Boden, ein Fensterrahmen hing windschief in den Angeln und man konnte an mehreren Stellen durch das Gemäuer ins Innere das Hauses schauen. Eine Ruine, die wie zerbombt anmutete, aber doch nur Opfer von Vernachlässigung in einer langen Zeit geworden war.

Hinter diesem völlig zusammengefallenen Haus, das Regen und Schnee nicht mehr standhielt, erspähte ich ein weiteres, lang gestrecktes und eingeschossiges Häuschen, das noch ganz gut in Schuss wirkte, und dessen Tür halb offenstand, als hätte das Gebäude höchstselbst zu einer kleinen Stippvisite eingeladen. Ich musste an Hänsel und Gretel denken, die von der Hexe in ihr Unglück gelockt wurden und mich schauderte.

Ein an die Mauern grenzender, zum Teil zusammengestürzter Holzstapel, der einst vielleicht einmal für einen Kamin aufgetürmt worden war, vervollkommnete das chaotische Bild, dessen Anblick in mir so etwas wie Verwirrung und Mitleid hervorrief. Mitleid für ein Anwesen aus Stein, Holz und wilder, alles vereinnahmender Natur?

Verwirrt ging ich, die neugierig herumschnüffelte Mandy an der Leine hinter mir herziehend, einen Schritt auf das Grundstück zu. Mandy fühlte sich nicht im mindestens bedroht, während mir zunehmend unbehaglich zumute war. Trotzdem lief ich Schritt für Schritt voran. Schaute in Ecken und über Gemäuer und durch morsches Gebälk hindurch, versuchte, an Holzlatten vorbei ins Innere des Haupthauses zu blicken. Alles verlassen, seit vielen Jahren schon. Oder Jahrzehnten?

Ich ging auf das flache, noch intakte Gebäude hinzu und warf einen Blick ins Innere. Spinnweben hingen in den Ecken, Staubflocken schwebten in der Luft. Sie waren gut zu erkennen, weil durch zahlreiche Fenster eine helle und schräg stehende Nachmittagssonne hineinfiel. Das Haus, das nur aus einem einzigen Raum und zwei Kammern bestand, die durch schmale, einst weiß lackierte Türen abgegrenzt waren, musste bis vor wenigen Jahren noch als Partyraum genutzt worden sein. Ein großer Tisch befand sich in der Mitte, um den herum etliche, sehr unterschiedliche Stühle gruppiert waren. Man konnte Abdrücke von Gläsern im nachgedunkelten Holz erkennen. Ein fleckiger, von Tieren zerfressener Sessel stand unter einem der Fenster in der Ecke. Die Wände waren noch immer mit Tapeten beklebt, die klein gedruckte, bunte Blüten zeigten und sich an vielen Stellen wellten oder sogar ablösten. Ein Wasserschaden direkt unter dem Dach, überall Dreck und Abfall: leere Flaschen, Scherben und Gipsreste, ein kaputtes Spielzeug.

Wer hatte hier gelebt? Alte Menschen oder junge? Eine Familie, die sich abends in der Küche in der Essecke versammelte, während auf dem Herd eine duftende Suppe blubberte? Menschen, die lachend und johlend in einen Plastikswimmingpool sprangen, mit Freunden hier unterhaltsame Feten feierten, in klirrenden Winternächten knackende Holzscheite in den Ofen schoben?

Die Einsamkeit, die dieses ganze Anwesen verströmte, überwältigte mich für einen Augenblick. Genau so musste es sein, wenn man als letzter Mensch auf der Erde übrigblieb und dem Verfall, der überall einsetzen würde, nichts mehr entgegenzusetzen hatte!

Meine Oma hatte zwar viel Gerümpel angehäuft und auch nicht besonders gern aufgeräumt, aber im Gegensatz zu dieser traurigen Erscheinung war ihr in die Jahre gekommenes kleines Häuschen ja ein gemütliches Zuhause! Allerdings, wurde mir bewusst, war es nicht *mein* Zuhause! Es war das Refugium einer mir fremden alten Dame gewesen und mein Zuhause gab es nicht mehr. Es stand mir klarer vor Augen, als ich wahrhaben wollte: Ich war eine mutter- und heimatlose, im Nirgendwo gestrandete Frau, deren Ehe gerade gescheitert war und die nicht wusste, in welche neue Richtung sie ihr Leben lenken sollte. Mein Mitleid für die steinernen Wächter einer vergangenen Familienidylle schlug in Selbstmitleid um, das mich selbst abstieß und das ich doch gleichzeitig nicht verhindern konnte.

Und da hörte ich es. Ein Wimmern und Rufen, ein Raunen und Säuseln, wie Wind, der durch Blätter streicht. Schnee, der auf die Erde fiel, eine klingende Melodie, kaum hörbar, doch unvergesslich.

Ich hob den Kopf und lauschte. Sprach oder sang da jemand – etwas? – meinen Namen? Gewiss nicht! Ich musste lachen, obwohl mir inzwischen Tränen in die Augen getreten waren. Auch Mandy, die brav zu meinen Füßen saß und mit dem Schwänzchen gewedelt hatte, hielt nun inne und sah mich aus ihren kugelrunden Augen aufmerksam an.

Da war es wieder!

Ich stolperte aus dem Flachbau, dessen Tür hinter mir leicht knarrte und quietschte, als ich versuchte, sie zuzuziehen. Ich hätte das nicht tun müssen, denn die Tür stand seit Jahr und Tag offen, doch in mir war so ein merkwürdiges Bedürfnis, Dinge, die nicht passten, in Ordnung zu bringen. Den krümeligen Betonboden tauschte ich gegen einen rasenüberwucherten Pfad aus. Meine Füße in den Turnschuhen spürten jeden Stein und jedes Stöckchen unter der Sohle, während ich in die Richtung schlich, aus der das Geräusch gekommen war.

Mein Weg führte mich in den hinteren Teil des Gartens, der von der Straße aus nicht einsehbar war. Mich empfing eine weitläufige Wiese, umgeben von meterhohen Büschen, eingezäunt ganz außen an den Rändern, die in einer weiten Ferne an den Wald grenzten. In einem kleinen Teich spiegelte sich das Sonnenlicht und direkt an diesem Teich stand ein Obstbaum in voller Blüte, dessen Anblick mir schier den Atem raubte.

Nun nicht mehr ängstlich, sondern vielmehr voller Ehrfurcht und unbestimmter Sehnsucht, lief ich auf den Baum zu, berührte seine Rinde, atmete den Duft seiner weißen Blüten ein. Die ausladende Krone wirkte wie ein explodiertes Seidenkissen, das seine Füllung mit großzügigen Händen überallhin geworfen hatte. Ich blieb darunter stehen, die Wange an den Stamm gepresst, und blickte nach oben. Winzige, filigrane Blüten tanzten sachte in einem leisen Lufthauch. Mein Herz und mein Auge wurden von einer gleißenden Wolke aus kristallartigen Kunstwerken erfüllt. Ich vergaß das zerfallene Anwesen, mein eigenes Erbe in einigen Hundert Metern Entfernung, sogar meinen Hund, der sich nicht bewegte und keinen Ton von sich gab. Irgendetwas in mir riet mit dazu, schnell wegzulaufen und nicht an diesen unheimlichen, wunderschönen und schrecklichen Ort zurückzukehren, aber ich hörte nicht darauf. Eine Sekunde lang gab ich mich dem Gefühl hin, mich ganz und gar mit diesem Baum verbinden zu wollen, als würde ich nur in und durch die Natur wieder geheilt werden können. Mehr noch, ich wünschte mir in kindlich-unreifer Verzweiflung, dieser Baum zu sein und kein Mensch mehr – um keine menschlichen Probleme mehr lösen zu müssen.

Die Schwerkraft entließ mich aus ihren Klauen, ich flog. Zentimeter oder Meter über dem Erdboden, es war unklar und auch unwichtig. Ich schwebte wie zuvor der Staub und die Blüten in der Luft und wurde alles los, was mich mit seinem Gewicht am Boden gehalten hatte: meinen Körper, meinen widerspenstigen Geist, mein Dasein als das Wesen, das mir vertraut war. Stumm glitt ich wie eine Wolke durch die Blüten hindurch und sah mich selbst unter dem Baum stehen, als sei ich zu einem anderen Wesen geworden, das den ehemals eigenen Körper wie etwas Außenstehendes beobachten konnte.

Rasch griff ich nach einem Ast, um nicht davongetrieben zu werden, doch ich stellte erstaunt fest, dass ich keine Arme, Hände und Finger mehr besaß. Das Gesicht, das ich bis eben noch für mein eigenes gehalten hatte, sah zu mir auf:

„Da bist du ja", sagte jemand anderes mit meiner Stimme. „Ich habe erwartet, dass du kommst, denn deine Sehnsucht war meterweit spürbar."

Meine leise Furcht war verschwunden, obwohl sich nun Mandy gebärdete, als hätte ein freches Kind sie am Schwanz gezogen. Sie sprang herum und kläffte und jaulte, verstummte aber, als ihr ein fremdes Wesen mit meinem Körper einen Stups auf die Nase verpasste.

„Hey", rief ich, „schlag meinen Hund nicht!" Jedenfalls wollte ich es rufen, aber meine Stimme war nur noch ein kaum hörbares Summen und Flimmern in der Luft. Ich musste mich zweimal räuspern, bevor mir eine Tonlage gelang, die zu vernehmen war.

„Lass meinen Hund in Ruhe", bekräftigte ich. Und genoss trotz der seltsamen und unglaublichen Lage, in der ich mich befand, dieses glückselig machende, leichte Wabern und Flattern, in das meine Existenz sich wie durch Zauberhand verwandelt hatte.

„Schon gut", sagte mein Gegenüber, das ich bald Silvana nennen würde, wie die Göttin des Waldes, deren Aufgabe es ist, die Bäume und alles, was in ihm lebt, zu schützen.

„Ich quäle keine Tiere, ich bin selbst ein Wesen der Natur", erklärte mein Gegenüber, was mich ein bisschen beruhigte. „Sie soll bloß still sein, damit wir reden können. Es ist doch eine „Sie", oder?"

Ich nickte, aber es gelang mir nicht, denn mir fehlte dafür der Kopf.

„Wer oder was bin ich und was ist hier los?", fragte ich deshalb. Ich hätte panisch oder voller Furcht sein müssen, aber ich war es nicht. Alles war unbeschwert und fröhlich, als sei die gesamte Existenz ein nicht enden wollender Frühlingstag.

„Das ist eigentlich ganz einfach zu erklären, vorausgesetzt, du bist ein Mensch, der an Magie glaubt."

„Oh nein, das bin ich ganz und gar nicht", wehrte ich ab. „Mit Geistern, Gespenstern und esoterischem Zeug hab ich nichts am Hut. Ich glaube an die Verwirrung des Geistes und psychiatrische Krankheiten, Drogenräusche und Medikamentenmissbräuche, die das Durchknallen aller Synapsen zur Folge haben können und zuweilen für Halluzinationen sorgen. Folglich muss ich mich also gegenwärtig in einer Psychose befinden oder jemand hat mir eine Substanz verabreicht, ohne dass ich es gemerkt habe. Vielleicht schlafe ich auch und bin in einem äußerst realistisch wirkenden Traum gefangen."

„Ich bin weder ein Geist, noch ein Gespenst", gab Silvana ein bisschen gekränkt zurück. Es war seltsam, meinen Körper sich bewegen und reden zu sehen, ohne sich darin zu befinden. „Aber wenn du sowieso nicht daran glaubst, wird es dir schwerfallen, eine Erklärung zu finden, die du akzeptieren kannst für das, was gerade passiert. Aber keine Sorge, du schläfst nicht und du befindest dich auch nicht in einer alternativen Wirklichkeit in einem Paralleluniversum. Was hast du denn als Letztes gemacht, bevor du meinen Baum gefunden hast?"

Ich überlegte. Zwar gefiel es mir nicht, dem unbekannten Wesen, das in meiner Haut steckte, persönliche Dinge zu verraten, doch wenn ich mehr erfahren wollte, war ich wohl gezwungen, mich ein Stück weit zu öffnen. Es war sowieso nicht real – allein die Tatsache, dass ich vor Angst nicht durchdrehte, bewies mir, dass ich vermutlich unter dem Baum sitzend eingenickt war. Es gab eine logische Erklärung, ganz sicher. Mit dieser Annahme im Herzen konnte ich das fortgesetzte Gespräch sogar genießen. Es war schön, auf eine ganz eigene, sehr merkwürdige Weise.

„Ich habe mir die verfallenen Gebäude angeschaut, mir selbst leidgetan, weil dieses Anwesen mich an die Trümmer erinnert, die mein gegenwärtiges Leben darstellen, und dann bin ich in den Garten gekommen."

Silvana nickte.

„Sieht schlimm hier aus, nicht? Hier war seit Jahren keiner mehr. Ich kenne zwar keinen zeitlichen Verlauf, aber gemessen an euren Maßstäben muss es sich um etliche Jahre handeln. Die unbelebten Dinge gehen kaputt. Wind und Wetter zerstören sie und im Gegensatz zu den belebten Organismen wirken dem Verfall keine Prozesse der Regeneration entgegen. Es sieht nicht mal mehr jemand gelegentlich nach dem Rechten hier, dabei war das Anwesen einmal sehr ansprechend."

Die Leichtigkeit immer noch in meinen unsichtbaren Adern flatterte ich körperlos um den Baum herum. Jetzt war ich dran mit einer Frage.

„Wer oder was bist du?"

Zu meinem Erstaunen antwortete Silvana bereitwillig.

„Ich bin eine Baumnymphe. Ich nähre und schütze diesen Apfelbaum von dem Tage an, da sein Samenkorn sich in der Erde entfaltete."

Sie sprach, als glaubte sie es selbst; nichts an ihrer – meiner – Stimme ließ erahnen, dass ihr bewusst war, wie absurd die Situation war. Eine *Nymphe* – Was war das überhaupt, so etwas wie eine Elfe oder Fee? – steckte in meinem Körper und hatte sich seiner auf rätselhafte Weise bemächtigt, während ich als körperloses, scheinbar rein geistiges Wesen durch die Luft schwirrte, ohne davon müde zu werden.

„Du bist ja im Moment offenbar keine Baumnymphe mehr, sondern gerade bist du ich", stellte ich fest. „Wie auch immer das möglich sein mag. Du wirst wenig Freude daran haben, ich habe meistens schlechte Laune, vielleicht aufgrund eines Hormonungleichgewichts oder weil gerade alles in meinem Leben schiefläuft. Kennst du das auch, schlechte Laune?"

„Ich kenne gar nichts."

„Hm." Mir fiel nichts mehr ein. Dabei hätte ich sie doch tausend Dinge fragen können! Etwa, wie es war, eine Nymphe zu sein, was sie den ganzen Tag lang tat, ob es andere ihrer Art gab.

„Ich bin nicht du, ich nutze nur deinen Körper", sagte Silvana schließlich. „Aber keine Sorge, dieser Tausch hält nicht lange an. In wenigen Minuten ist alles wie vorher, als wäre gar nichts gewesen."

Sie seufzte. Es erschien mir, als wäre sie gern länger ein menschliches Geschöpf gewesen. Also war ich auch keine Nymphe, ich steckte nur im Körper von einer fest. Mein Geist war klar und mir vertraut wie eh und je! Aber was für ein Körper sollte das sein? Es gab ja keinen! War es dieser Baum, in dem ich mich befand? Aber woher hätte dann das Gefühl, zu schweben und zu flattern, kommen sollen? Ich war in dem Baum und gleichzeitig um ihn herum. Es war gespenstisch und faszinierend.

„Wie sehen Nymphen denn aus?", fragte ich deshalb. Es war mir ein bisschen peinlich, dass ich mich selbst weder sehen noch untersuchen konnte.

„Wie sie wollen", lautete die Antwort. Silvana tat ganz eigenartige Dinge. Sie lief in kleinen Schritten herum, trippelte und hopste, beugte sich nach unten und kniete sich auf den Boden, um dann wieder aufzustehen. Sie berührte ihr Haar, ihre Nase, ihre Schnürsenkel an den Schuhen, die Rinde des Baums, wie ich es zuvor getan hatte, das Fell meines Hundes, der vor der Berührung zurückschreckte.

„Was heißt, *wie sie wollen*?", hakte ich nach. Sollte das ominöse Naturwesen mich doch für bescheuert halten – ich wollte wissen, was hier geschah!

„Na, sie können jede Gestalt annehmen, die sie möchten", gab Silvana genervt zurück. Sie untersuchte nun den Inhalt meiner Hosen- und Jackentaschen, förderte ein Handy, ein zerknülltes Taschentuch und ein paar Krümel von einer Brezel zutage. Das Handy hielt sie mir entgegen.

„Was ist das? Eine Art kleines Tablett? Wozu nutzt man es? Es sieht empfindlich aus. Solche Dinger hat meine Familie nicht mit sich herumgetragen."

Ich ignorierte ihre Worte.

„Das heißt, ich kann jede Gestalt annehmen, die ich mir vorstelle?"

„Ja doch!" Wieder dieses Seufzen, das nun eher ein Stöhnen war.

Ich versuchte es. Ich stellte mir vor, ich sei glitzernder Sternstaub, der sich in einer durchsichtigen Hülle befand – und wurde zu einem Luftballon voller schillernder Partikel. Ich stellte mir vor, ich sei ein Höllenhund mit roten Augen und hängenden Lefzen – und versetzte Mandy in Angst und Schrecken, als ich als mächtige, knurrende Bestie neben ihr aufragte. Ich stellte mir vor, ich sei eine dieser Feen aus einem animierten Trickfilm für Mädchen – und war sogleich ein puppenhaftes Wesen, das eine Haarflut in Regenbogenfarben hinter sich herzog und mit hauchfeinen, hübsch geformten Flügeln von Ast zu Ast segelte. Es machte gewaltigen Spaß! Genaugenommen hatte ich mich seit Monaten nicht mehr so lustig und gut unterhalten gefühlt!

„Das ist kein Spiel", brummte Silvana, bevor sie um den Baum herumging und vorsichtig mit der Zungenspitze die Rinde berührte. Dann leckte sie dem Hund über den Rücken.

„Igitt", sagte ich. „Das macht man nicht, es ist unhygienisch." Ich wurde zum Schmetterling, freilich in abenteuerlichen Farben, weil ich nicht genau wusste, wie echte Schmetterlinge gezeichnet waren. Die Haut meiner hauchfeinen Flügel schillerte opak.

Silvana hielt nach dem Teich Ausschau, auf dem ein Entenpaar seine Bahnen zog. Es sah aus, als würde sie gern losrennen und ganz weit weglaufen – oder sich die Klamotten vom Leib reißen und in den Tümpel springen, aber sie tat nichts davon. Sie nahm nur zwei, drei tiefe Atemzüge.

„Das ist etwas Besonderes, weißt du. Ich muss es probieren und genießen, bevor es vorbei ist."

„Was?", fragte ich blöde.

„Atmen natürlich. Das, was ihr Menschen mit euren begrenzten kleinen Gehirnen gern für selbstverständlich haltet. In unseren Bäumen läuft der Stoffwechsel etwas anders. Hast du ja bestimmt in der Schule gelernt. Fotosynthese, nennt ihr das, und es ist ein sehr komplexer Vorgang, den euer primitiver menschlicher Verstand kaum wirklich zu entschlüsseln vermag."

Wenn ich mein nicht vorhandenes Ohr an den Baum legte, konnte ich seine Säfte im Inneren rauschen hören. Überhaupt sah ich Farben, die mir nie vor dem Auge erschienen waren. Die Welt schien in buntes, changierendes Licht getaucht, das ich vergessen haben würde, wenn ich aufwachte. Silvana hatte recht: Das hier, was immer es war, würde nicht lang anhalten.

„Dafür, dass du mein Gehirn für so begrenzt hältst, nutzt du es aber ganz schön ausgiebig", sagte ich, langsam die Lust am Gestaltwandeln etwas verlierend. Mir fiel nicht mehr ein, wer oder was ich sein wollte. Eigentlich hätte ich mich am liebsten daheim auf das Sofa begeben und eine Serie zur Entspannung eingeschaltet, weit weg von merkwürdigen Ereignissen, die der Logik trotzten und alles, was ich einst über die Welt gelernt hatte, zu einer Lüge werden ließ.

„Ich nutze dein Hirn nicht", widersprach die Nymphe, „sondern nur deinen Körper, das habe ich dir doch gerade schon mal gesagt. Oder hast du das Gefühl, du hättest deine Persönlichkeit gewechselt? Siehst du, du hast sie noch – und ich meine ebenso. Man kann Körper tauschen, sie sind wie Gefäße, die man neu füllen kann. Nicht aber die Seele – die ist einzigartig." Sie schaute mich mit einem missbilligenden Blick an, als sei ich ein besonders begriffsstutziges Kind, das immer wieder das Niveau der ganzen Klasse nach unten zieht. Nun wurde es allerdings interessant für mich.

„Wie hat dieser Tausch, wie du ihn nennst, denn stattgefunden?", wollte ich wissen.

„Wir beide haben uns im selben Moment gewünscht, das jeweils andere Wesen zu sein – du wolltest dieser Baum werden, weil er so stark und ruhig in der Landschaft steht und nichts ihn umhauen kann. Einen Alltag muss er auch nicht bestreiten, keine Lösungen für Probleme finden, keine Sorgen ertragen, nicht mit anderen Menschen kommunizieren, keine Leistung beweisen, keine selbst begangenen Fehler wiedergutmachen."

„Woher weißt du, dass ich das alles nicht mehr will?"

Silvana lächelte mit meinem Mund.

„Kannst du Gedanken lesen?"

Das Lächeln blieb auf ihren Lippen.

„Wir Naturwesen können ziemlich viele Dinge, die ihr euch nicht mal vorstellen könnt. Dinge, die ihr ins Reich der Fantasie oder Esoterik verbannt, weil sie euch Angst machen. Dabei ist es eigentlich ganz leicht: Man muss nur dem alten Wissen lauschen und seiner eigenen Wesensart folgen."

„Und warum willst du dann kein Naturwesen mehr sein, wenn es doch so toll und leicht ist?"

Sie lächelte unentwegt. Es war ein Lächeln, das ich nicht deuten konnte, ich fand es unangebracht.

„Ich wollte einfach ein Mensch werden, das will ich schon sehr lang", fuhr sie fort, ohne mir eine Begründung zu liefern. „Und zufällig – oder vielleicht auch weniger zufällig, haben wir beide zur gleichen Zeit die Stirn an den Stamm gelehnt, ich von innen und du von außen, und schon war der Wechsel vollzogen."

Silvana erklärte diesen unglaublichen Vorgang, als sei er nichts Besonderes, als geschähe er jeden Tag irgendwo. Aber das war gewiss nicht der Fall: Wann hätte man von einer solch unfassbaren Magie schon einmal etwas gehört? Sie brachte den Ablauf der natürlichen Dinge in der Welt durcheinander und störte das So-Sein der Erde und aller Geschöpfe, die sich auf ihr bewegten! Ich konnte es kaum glauben.

„Es genügt ein Wunsch?", hakte ich nach.

„Ja, aber er muss aus tiefster Seele von beiden kommen und ehrlich gemeint sein. Und er muss exakt in derselben Sekunde gedacht oder ausgesprochen werden. Die Wahrscheinlichkeit ist schon eher gering, es sei denn, man spricht sich darüber ab. Und es ist nicht von Dauer, aber das sagte ich ja bereits."

Irrte ich mich, oder frohlockte sie ein bisschen? Da ich mich selten selbst von außen betrachtete – höchstens mal einen Moment lang vor dem Spiegel, aber nie im Alltag – waren mir meine eigene Gestik und Mimik viel unvertrauter, als ich angenommen hätte. Ich kannte mein Innen – die Gefühle, die mich durchströmten und die Gedanken, die meine Hirnwindungen kreuzten, aber das Außen war mir fremder als alle Menschen um mich herum, mit denen ich regelmäßig zu tun hatte und deren Anblick mir aus diesem Grund bekannt war. Bekannt *gewesen* war, berichtigte ich mich, denn die Menschen, die sonst eine Rolle in meinem Alltag gespielt hatten, würden es künftig nicht mehr tun. Meine Mutter war tot, mein Mann war weg, meine Arbeitskollegen und Freunde würden mir nach dem Umzug nicht erhalten bleiben. Es blieb nur ein Vater, der mich nicht mochte und den ich auch überhaupt nicht kannte – und sonst niemand. Kein Wunder, dass ich lieber eine Baumnymphe gewesen wäre! Oder ein Schmetterling, ein Werwolf, von mir aus ein quakender

Frosch im Teich! Alles, nur nicht die Person, die ich war, mit dem Leben, das ich kannte!

Ratlos betrachtete ich mich meinen schwirrenden, flimmernden Augen das Gesicht der Gestalt mir gegenüber: Hatte ich im Alltag wirklich so tiefe Schatten unter den Augen oder war es das fehlende Licht unter der eher schattigen Blütenkrone? Und warum zuckte mein linkes Augenlid so nervös? Wieso steckte ich die Hände in die Hosentaschen und knüllte die Leine in der Faust?

Mandy fiel mir wieder ein. Sie hatte ratlos von meinem Körper zum Baum und wieder zurückgeblickt und hockte mit dem Hintern so flüchtig auf dem Boden, als warte sie nur darauf, endlich die Aufforderung zu bekommen, diesen Ort zu verlassen. Ich hätte darauf hören sollen! Der Hund ahnte, dass hier etwas abging, das nicht wirklich gut für mich sein würde, aber noch wollte ich es nicht wahrhaben. Es war ja sowieso nur ein Traum! Einer von diesen luziden Träumen, in denen man wusste, dass man schlief und alles tun konnte, was einem in den Kram passte!

Es war der erste Klartraum meines Lebens und ich wusste nicht, ob und wie gut mir dies gefallen sollte.

Mandy ging auf Abstand, als Silvana sich zu ihr herunterbeugte, um ihr das Fell zu zausen. Sie schien zu spüren, dass eine andere – Seele? – in dem Körper steckte, der ihr heute Morgen noch den Futternapf gefüllt hatte. Immer wieder blickte sie suchend zu der Stelle hin, an der ich mich befand, als flimmerndes, flatterndes Wesen, nicht mehr als ein Lichtstrahl, nicht weniger als ein leuchtender Stern am Nachthimmel.

„Fell …", sagte Silvana versonnen. „Fühlt sich weich und etwas kratzig an." Sie berührte erneut die Rinde, zerdrückte eine Blüte zwischen ihren Fingern, strich sich selbst über die Wange.

„Baumhaut und Menschenhaut sind außerordentlich unterschiedlich, findest du nicht?"

„Schon." Wenn sie vorhatte, alles in der Umgebung probeweise anzufassen – Grashalme, Wassertropfen, das Gefieder der Enten, die in der Nähe schnatterten – dann musste sie sich beeilen.

Ich spürte bereits, wie es mich mit aller Macht in meinen eigenen Körper zurückzog. Oder war ich dabei, aufzuwachen? Wehrte ich mich noch dagegen, diesen sonderbaren Traum loszulassen und in die ernüchternde Welt der Realität zurückzukehren, in der ich doch nicht mehr mit beiden Beinen fest auf dem Boden stehen wollte?

„Komm wieder, Merle Stadler", hörte ich sie sagen. Ihre Gesichtszüge verschwammen vor meinen Augen, es war, als würde ich durch eine

Pfütze auf den Grund eines schlammigen Bodens schauen. Das Fließen, Flattern und Gleißen in mir selbst – Wimpernschläge, Herzschläge – wurde langsamer und schwächer. *Zum Glück*, dachte ich. Nicht auszudenken, wenn ich für immer eine Fee geblieben wäre! Plötzlich hatte ich es ziemlich eilig, diesen eigenartigen Tausch rückgängig zu machen. Es war, als hätte ich von einer besonders verlockenden Droge gekostet, die sofort süchtig machen und mich ins Verderben reißen würde. *Gerade noch mal daran vorbeigeschrammt.*

In der nächsten Sekunde saß ich, den Rücken an den Baum gelehnt, unter der üppigen Blütenkrone und sah ein paar Blüten zu Boden segeln. Mandy jaulte auf und sprang mir in den Schoß. Ich rieb ihre Ohren und gab ihr einen Kuss auf die Nase. Hatte ich gestern noch gesagt, Hunde seien Dreckfänger und Zeiträuber? Kaum vorstellbar, dass ich bis vor kurzem noch ein Leben ohne Mandy gelebt hatte!

Ich erhob mich, zunächst mit wackligen Knien, und betastete probeweise mein Gesicht, meinen Bauch, meine Beine. Alles da, alles dran, alles vollständig. In meinem Kopf sauste und raunte es, als hinge der irre Soundtrack eines furchterregenden Traums nach, dessen Fäden, in die er mich eingewoben hatte, nur langsam rissen. Dabei war es doch gar nicht gruselig gewesen, eher ... beglückend? Erleichternd? Erhellend? Ich entschloss mich, die dunkle Ahnung, die mich überkommen hatte, zu ignorieren und die seltsame Erfahrung als Nonsens abzutun.

„Ich war eingeschlafen", sagte ich zu Mandy, die an mir hochsprang, als ich nach der Leine griff. „Aufräumen macht ganz schön müde, was?"

Mich wunderte nun auch nichts mehr: Ich verbrachte viele Stunden damit, das Haus auf Vordermann zu bringen und unzählige Gegenstände in brauchbar oder nutzlos zu sortieren. Wenn ich nicht mit Großmutters Nachlass beschäftigt war, erledigte ich am PC Aufträge für meinen ehemaligen Arbeitgeber, um mir zumindest noch eine kleinere Einkommensquelle zu erhalten, bis ich hier in der neuen Heimat Fuß gefasst hatte. Oft saß ich bis in die Nacht hinein auf dem Boden, umgeben von Krempel, oder hinter dem Bildschirm, bis meine Augen brannten. Ich vergaß zu essen und wäre ohne Mandys nachdrückliche Hinweise wohl auch überhaupt nicht vor die Tür gegangen. Kein Wunder, dass ich am helllichten Tag unter einem Apfelbaum einpennte!

Zufrieden, weil es für alles eine logische Erklärung gab, wandte ich mich zu dem Baum um.

„Ich gehe jetzt, Silvana", sagte ich. „Hier auf diesem verlassenen Grundstück ist es nämlich doch ein bisschen gruselig."

Ich lauschte auf eine Antwort, aber es kam natürlich keine. Ihr Sirren und Flirren, das ich nur halb im Ernst erwartet hatte, blieb aus. Der Baum stand stumm in der Landschaft herum und das einzige Geräusch kam von seinen Ästen, die leicht in einer zarten Brise wogten.

„Ich rede mit Geistern", sagte ich zu Mandy und lachte. Das Lachen tat gut, weil ich wieder eine Brust und einen Hals hatte, der diese Töne produzierte. Flüchtig erschien in meinem Kopf Silvanas Protest: *Ich bin kein Geist!*, dann drehte ich mich herum. Ich war auch wirklich zu alt, um an Geister, Gespenster, Elfen und Feen zu glauben! Oder was auch immer Silvana hatte sein wollen! *Baumnymphe, sie ist eine Baumnymphe. Ein weibliches oder geschlechtsneutrales (?) Wesen voller urtümlicher Kräfte, das Fruchtbarkeit und Stärke symbolisiert.* So oder ähnlich hatte ich mal etwas darüber gelesen. Ich nahm mir vor, ein bisschen zu dem Thema zu recherchieren, das würde mich vom Aufräumen und Arbeiten etwas ablenken und mir neuen Input bieten. Irgendwie war mein Gehirn ganz ausgetrocknet, seit ich nicht mehr jeden Tag in ein Büro ging – oder war es das dort auch schon gewesen und ich hatte es aufgrund des Stresses durch Abgabefristen und Kundenkritik nur nicht gemerkt? Ich hatte Lust, mich mit anderen Dingen zu beschäftigen, als oberflächlichen und manipulativen Werbeslogans, die zuvor für Jahre all meine geistige Beschäftigung geboten hatten.

„Komm, Mandy, wir gehen nach Hause, hier herrscht eine unheilvolle Atmosphäre, obwohl ich nicht einmal erklären könnte, warum ...", sagte ich, obwohl der Hund mir sowieso hinterherlaufen würde, weil ich ihn ja an der Leine hielt. Aber der Terrier, die treue Seele, wäre mir auch jetzt schon überallhin gefolgt! Alt und grau, aber immer noch mopsfidel zeigte das Tierchen mir deutlich, welchen Stellenwert ich nach so kurzer Zeit schon in seiner Existenz einnahm. Und mir selbst erging es ganz genauso.

Kapitel 5 - Karsta

Meine Tage waren immer prall gefüllt und begannen in den frühen Morgenstunden. Da ich mich beim Aufstehen am Licht der Morgensonne und dem Gezwitscher der Vögel orientierte, wurde ich mit fortschreitendem Frühling immer eher wach und das war auch gut so, denn es war viel zu tun. Manche Kräuter mussten in der Frühe geerntet werden, noch während sie vom Tau der Nacht benetzt waren, andere in der schon herrlich wärmenden Mittagssonne. An den Nachmittagen bereitete ich das morgens Gesammelte für die Verarbeitung oder Lagerung vor: Trocknete, stampfte, kochte, seihte ab, füllte ab, verkorkte Flaschen und schloss Gläser. Häufig bereitete ich auch Sirupe, Marmeladen, Öle oder Essige zu, die Hetty mit handgeschriebenen Etiketten versah und auf einem Campingtisch vor unseren Gartenzaun stellte. Vorbeikommende konnten sich daran bedienen und den Obolus für das Gekaufte in eine rostige Kasse stecken. Obwohl die Leute das tatsächlich taten und kaum jemals etwas stahlen, blieb der Verdienst bescheiden. Aber es genügte mir – ich konnte meine Tage mit den Dingen verbringen, die ich am besten kannte und mit jenen Tätigkeiten, die ich hervorragend beherrschte. Und ich konnte Kontakt mit Menschen, abgesehen von Hetty und Raffael, vermeiden.

Deshalb störte es mich zunächst enorm, als an diesem sonnigen Apriltag dieses Mädchen, das wir „Blag" genannt hatten, bei uns auftauchte. Es brachte meinen gewohnten Tagesrhythmus durcheinander und zwang mir Gesellschaft auf, um die ich nicht gebeten hatte. Ich wusste sofort, dass es diese zugezogene Fremde sein musste, denn das Alter passte und ihr Kleidungsstil wirkte nicht ländlich. Sie sah Martin Bock kein bisschen ähnlich; ich konnte mir gut vorstellen, dass er die Vaterschaft angezweifelt hatte.

Die junge Frau klopfte verhalten und ließ sich auch nicht abwimmeln, als ich ihren aufdringlichen Besuch dreimal ignorierte. Sie klopfte einfach noch mal, etwas lauter. Auch darauf reagierte ich nicht, sondern hob den Emailtopf auf den Herd, in den ich Kastanienblüten in Quellwasser gegeben hatte, um eine Bachblütentinktur herzustellen. Ich vermied es, die Blüten direkt mit den Fingern zu berühren, um meine persönliche Schwingung nicht zu übertragen, und stellte die Gasflamme etwas höher.

Es klopfte erneut. Ich legte den Deckel auf den Topf, in dem es nun etwa eine halbe Stunde leise köcheln durfte, und kehrte der Tür den Rücken zu. Aber die Fremde ließ nicht locker. Ehe ich mich versah, hatte sie die Tür selbst geöffnet und stand in der Küche, mit schulbewusstem Blick zwar, aber doch auf eine ärgerliche Art auch herausfordernd. Sie trug zwei Körbe, aus denen Flaschenhälse herausragten.

„Entschuldigen Sie, dass ich einfach so hereinplatze", sagte sie und stellte die Körbe auf den Boden. Es klirrte. „Ich habe gehört, dass jemand da ist. Sind Sie Karsta Wendt?"

Unwillig drehte ich mich zu ihr herum, den Rührlöffel aus Keramik noch in der Hand. Ich hielt ihn sogar erhoben, wie eine Waffe oder eine Flagge. Die Frage war bescheuert: Wer sollte ich wohl sonst sein, wo doch jeder wusste, dass die freundliche Schwester Wendt die Besorgungen im Ort erledigte, während die grimmige Schwester sich hinter ihrem Herd verschanzte? *Sie kann es nicht wissen, sie ist ja neu hier,* wurde mir klar, aber das half nicht dabei, über ihr aufdringliches Erscheinen hinwegzusehen. Wenn sie sich mit den üblichen Gepflogenheiten des Ortes nicht auseinandersetzte – und dazu gehörte nicht, ungefragt einfach hereinzuschneien – dann würde sie wohl hier auch noch sehr lang eine Fremde bleiben.

„Ich bin Merle Stadler", erklärte mir die junge Frau und reichte mir zum Gruß die Hand, die ich nicht ergriff. Erschöpft sah sie aus, meine Besucherin. Eine Art geheimnisvoller Traurigkeit umhüllte sie wie ein unsichtbarer Mantel. Allein ihre Gegenwart ließ einen etwas frösteln und sich unwohl fühlen. Mit DER war Martin Bock wirklich kein Geschenk gemacht worden! Andererseits tat sie mir auch leid. Ich war verwirrt von meinen unterschiedlichen Emotionen, denn normalerweise entsprachen meine Gefühle einem gleichförmigen Strom, der mich zuverlässig durchs Leben trieb.

„Ich wohne im alten Bock-Haus", fügte sie hinzu. „Ich bin Merle Stadler, die Enkelin von …"

„Ich weiß, wer du bist", gab ich zurück, schärfer als beabsichtigt. Hob den Deckel vom Topf, in dem es zart blubberte. Rührte und genoss das Klirren, als der Löffel sanft gegen die Wände stieß. Ein feines Aroma zog mir in die Nase.

„Ich bin dabei, das Haus aufzuräumen und auszumisten", erklärte Merle, die sich sichtlich unwohl fühlte. Klar, wo ich ja auch nicht sehr gastfreundlich ihr gegenüber auftrat!

„Ich habe bei meiner Oma jede Menge dieser Phiolen, Fläschchen, Karaffen und Gläser gefunden, sie waren etwas verstaubt, aber noch gut in Schuss. Und da dachte ich mir, Sie könnten die für Ihre Produktion ganz gut gebrauchen. Bevor ich sie wegwerfe, ist es doch besser, jemand nutzt sie ..." Sie wies auf die Körbe. „Ich habe sie ausgewaschen. Ich weiß von meinem Vater, dass Sie Kräutertränke produzieren. In Ihrem Gartenzaun habe ich auch einige Gläser mit Konfitüren stehen sehen, die Sie verkaufen." Sie sah sich um und ließ die Schultern sinken, als ob endlich eine ungewisse Anspannung von ihr abfiel.

Ich wies sie mit einer Handbewegung an, am Küchentisch Platz zu nehmen, bevor ich nach Geschirr und der Kaffeekanne griff. Wider Willen überkam mich eine seltsame Sympathie für die verloren wirkende, ausgesprochen freundliche Frau. Ihre Bemühungen rührten mich.

„Die braunen Flaschen sind besonders nützlich", erklärte ich statt eines Danks. „Viele Tinkturen müssen lichtgeschützt aufbewahrt werden und obwohl mir Raffael manchmal Glasbehälter im Internet bestellt, ist es doch eher schwierig, zu erschwinglichen Preisen da ran zu kommen. Manchmal gibt es sie auf Flohmärkten, aber auf so etwas war ich ewig nicht. Ich müsste sie dann ja auch nach Hause tragen."

Merle fragte nicht, wer Raffael sei. Sie nippte am Kaffee, den ich eingegossen hatte und den sie schwarz trank, und schwieg. An ihrem Kragen klebte ein gräuliches Hundehaar.

„Wie geht's denn der alten Mandy?", fragte ich, weil es mich wirklich interessierte. Der Hund hatte ziemlich unter dem Verlust seiner Herrin gelitten, es aber nicht gezeigt. Ähnlich, wie ich es tat, die nach dem Verlust ihrer langjährigen Freundin ebenfalls Mühe gehabt hatte, die innere Balance wiederzufinden. Obwohl ich mein ganzes Leben in diesem kleinen Ort verbracht hatte, waren nicht sehr viele Menschen freundlich zu mir, aber Isolde war eine von den Netten gewesen. Vielleicht lag es auch wirklich an mir, dachte ich, vielleicht wirkte ich auf die Menschen abweisend und abstoßend, weil ich sie nicht sofort an mich heranließ und es vermied, meine Seele auf der Zunge zu tragen.

Diese junge Frau vor mir war freundlich, herzlich sogar! Sie war alles andere als ein Blag, sondern eine etwas gehetzt wirkende, offensichtlich müde, aber leidlich hübsche Erscheinung, bei der eine kleine Auszeit Wunder erbringen konnte. Oder eine *Rescue*-Tinktur.

Ich stand auf und griff im Regal nach einem Fläschchen.

„Davon dreimal am Tag fünf Tropfen direkt auf die Zunge und bei Bedarf, wenn gerade eine große Aufregung erlitten wurde."

„Was ist das?" Ihre braunen Augen blitzten fragend unter einem hellen Pony hervor.

„Ein Sud aus Doldigem Milchstern, Sonnenröschen, Drüsentragendem Springkraut, Kirschpflaume und Waldrebe, ausgekocht und hälftig mit hochprozentigem Alkohol aufgegossen. Naturreiner Obstbrand oder Kornbrand eignen sich dafür, mindestens 40 %. Die Homöopathie kennt das Mittel als Notfalltropfen. Es gibt sie auch in der Apotheke, aber meine sind besser, vor allem frischer."

„Was Sie alles wissen!"

Ihr Erstaunen war ehrlich, ich sah es an den weit aufgerissenen Augen. Ja, ich wusste eine Menge! Lauter alte Geheimrezepte, tausendfach erprobt, die in den dämmrigen Gewölben meines Geistes lagerten und darauf warteten, den Menschen dienlich sein zu können. Jenen Menschen, die mich so ablehnten und fürchteten, ohne mich wirklich zu kennen.

Sie verzichtete, mich darauf hinzuweisen, dass sie an so einen Humbug wie Kräutertränke und

Homöopathie nicht glaubte – was aber ja die meisten jungen, ach so aufgeklärten und modernen Leute nicht taten – und steckte das Fläschchen in die Tasche ihrer geblümten Jeansjacke.

„Was bin ich Ihnen schuldig?"

„Gar nichts", brummte ich, „nimm es als Gegenleistung für die Glasbehälter, die sind, wie gesagt, ja auch nicht billig."

Sie nickte und schien erleichtert.

„Danke." Während ich in meinem Topf rührte, räumte sie die Flaschen aus den Körben und stellte sie auf den Tisch.

„Ich muss gerade ziemlich aufs Geld gucken", sagte sie nach einer Weile. „Irgendwie muss ich erst lernen, dass es knapp sein kann. Früher hat mich …" Sie schwieg und blinzelte eine Träne weg. Armes fragiles Mädchen – was hatte sie in letzter Zeit erlebt, was sie so aus der Bahn hatte werfen können?

„Es soll ein Neuanfang werden", schniefte sie schließlich und suchte nach einem Taschentuch, um sich die Nase zu putzen.

„Einer, der nicht freiwillig war", schloss ich. Sie schüttelte den Kopf.

„Es ist ungewohnt und macht mir Angst, plötzlich für alles allein verantwortlich zu sein", sagte sie. Ja, das verstand ich gut.

„Dazu kommen Existenzängste, die ich vorher noch nie so erlebt hatte, weil ich niemals ... Ich bin nicht gut im Alleinsein ..." Merle presste die Lippen aufeinander, die nun umso voller und roter wirkten. Auf ihren Wangen waren rosa Flecken erblüht. Und dann sprudelten einige Nöte aus ihr heraus:

„Ich bekomme hin und wieder kleine Aufträge von meinem ehemaligen Arbeitgeber, aber für die großen Projekte hat der verständlicherweise einen Ersatz für mich eingestellt und deshalb reicht es kaum, um sich über Wasser zu halten, obwohl ich auch nach anderen Auftraggebern für grafische und Werbetätigkeiten suche ... Tut mir leid, ich weiß gar nicht, warum ich Ihnen das alles erzähle." Merle stellte die letzte große Flasche auf den Tisch und kramte am Boden des Korbs noch nach den kleinen Glasbehältern. Mein Sud köchelte leicht – er würde wunderbar werden. Rettung und Hoffnung für von Stress und Überforderung geplagte Menschen.

„Du erzählst es mir, weil ich eine Lösung für dein Problem weiß", sagte ich leichthin und nahm den Topf vom Herd, damit er im Freien abkühlen konnte. Nachdem ich ihn draußen auf die Steine gestellt hatte, kehrte ich zurück und entledigte mich meiner Schürze. Merle hatte sich scheinbar überhaupt nicht bewegt, sie war mitten in der Geste erstarrt und erinnerte sich wohl erst wieder bei meinem Anblick an das, was sie als Nächstes hatte tun wollen. Sie nahm den Korb vom Tisch und stellte ihn auf den Boden, griff dann nach ihrem Kaffee, den sie mit winzigen Schlucken trank, als wolle sie ihren Aufenthalt hinauszögern. Was soll's, dachte ich. Eigentlich sieht sie aus, als könne auch sie ein Stück Kuchen vertragen oder am besten gleich einen zünftigen, nahrhaften Eintopf. Ich zog mir die Schürze wieder an und kramte im Schrank unter der Spüle nach Karotten, Kartoffeln, Sellerie und Lauch.

„Der Blumenhändler unten an der Hauptstraße – den Laden hast du doch im Vorbeilaufen bestimmt schon gesehen, oder? – sucht eine Verkaufskraft. Du solltest einigermaßen clever und geschickt sein, gut rechnen können, ein Gespür für Geschmack und Schönheit haben. Natürlich eine Pflanzenfreundin sein und zuvorkommend gegenüber Kunden. Und er sucht nicht nur für den Moment, als Notlösung für beide Seiten, sondern stellt sich eine langfristige Bindung vor. Sag ihm, Karsta hat dich geschickt, wenn du dich vorstellst. Er heißt Raffael."

Himmel, das klang ja anrüchig, das mit der langfristigen Bindung! Aber sie hatte mich bestimmt ganz gut verstanden. Ich hielt sie für eine sehr passende Bewerberin für Raffael, der selbst in einer schwierigen Lage war. Nannte man das nicht Win-Win-Situation? Es würde allen Beteiligten weiterhelfen!

Zufrieden mit mir selbst schabte ich die Schale vom Gemüse und zerteilte es in mundgerechte Stückchen. Füllte Wasser in einen weiteren Topf, gab Salz dazu. Ich führte das Messer sicher und schnell und genoss es, auch mal wieder jemanden umsorgen zu können. Sonst war das Hettys Part, aber diese war gerade mit Raffael unterwegs auf einer Besorgungstour.

Warum ich ihr half? Ich weiß es nicht. Sie wirkte auf mich wie ein verletztes Tier, das unbedingt eine kundige Hand brauchte, um wieder auf die Beine zu kommen. Außerdem konnte ich ein Potenzial in ihr erkennen, dessen Richtung, Art und Ausmaß noch nicht klar, das aber dennoch nicht zu übersehen war. Und Raffael brauchte eine Mitarbeiterin – es würde schwer werden, dafür jemanden zu finden, wenn diese Person nicht von außen kam! Ein Ort, der immer in seinem eigenen Saft brodelte, wie es jetzt mein Süppchen tat, hatte neben etlichen Vor- auch einige Nachteile.

„Vielen Dank für den Tipp und die Empfehlung, Karsta." Ihre Aussage war eher wie eine Frage formuliert. Doch sie entspannte sich sichtlich und nahm sogar den Duft des Kaffees wahr, während sie ihn trank.

„Hast du es eilig?", wollte ich nun wissen. Sie schüttelte den Kopf.

„Niemand außer Mandy wartet auf mich. Das Aufräumen läuft nicht weg und die Renovierung danach wird eh Wochen dauern. An den Garten und den Vorgarten will ich mal gar nicht denken ... Kein Grund zur Eile."

„Gut. Dann gibt es in einer halben Stunde etwas Kräftiges zu essen. Und wenn du das nächste Mal vorbeikommst, kannst du Mandy auch gern mitbringen. Wir kennen uns gut." Ich lächelte versonnen bei dem Gedanken an das altersschwache, aber immer fröhliche Tier, das meiner Freundin ein so guter Begleiter gewesen war.

Auch Merle lächelte in sich hinein, es war das erste echte Lächeln, das sie präsentierte und das über Höflichkeit hinausging. Hatte die grimmige, abweisende Karsta es übertrieben mit ihrer selbstverständlichen Einladung? Nein, entschied ich.

Dieses Mädchen brauchte Anschluss, Unterhaltung und das Gefühl, nicht allein auf der Welt zu sein. Notfalltropfen würden bei ihr nicht genügen, zuweilen war menschlicher Kontakt die einzig mögliche Art der Heilung. (Merkwürdig, dass ausgerechnet ICH das dachte.)

Sie sah mir zu, wie ich bereits vorgekochtes Fleisch von den Knochen löste und in die Suppe gab, Fond dazu schüttete, ein paar Gewürze ergänzte und die Nase über die aufsteigenden Schwaden hielt. Nun musste ich wirklich wie eine Hexe aussehen, eine brauende Hexe mit spitzer Nase und in gemusterter Kittelschürze.

Ich lächelte sehr lange, was ungewöhnlich für mich war. Seltsam: Diese Frau, deren Erscheinen mir erst so unwillkommen gewesen war, löste eine gute Stimmung in mir aus, obwohl sie selbst eher etwas vorsichtig Abwartendes an den Tag legte, als sprühend gute Laune. Aber sie schien authentisch zu sein, ein ehrliches Wesen, das sich nicht verstellte. Sehr erfrischend angesichts der vielen geheuchelten, vorgeblich freundlichen Bekundungen, denen ich sonst üblicherweise begegnete, bevor man sich herumdrehte und hinter meinem Rücken über mich tuschelte!

Merle half mir, den Tisch zu decken, als hätten wir das schon oft gemeinsam getan. Sie füllte frischen Apfelsaft, den ich aus der Speisekammer holte, in Gläser und faltete zwei Küchentücher zu Servietten, was unserem bescheidenen Mahl einen edleren Anstrich gab. Wir arbeiteten schweigend.

Pünktlich, als die ersten dicken Fleischbrocken in der Gemüsebrühe auf unseren Tellern schwammen, öffnete sich die Tür und Hetty und Raffael kehrten mit vollen Einkaufstaschen zurück. Raffael legte sie schwungvoll auf die Theke und umgriff meine Hüfte, um mir einen Kuss auf die Wange zu hauchen.

„Karsta, meine Schöne! Wir mussten vier Läden abfahren, um deinen Weihrauch zum Räuchern zu finden, aber wir blieben dran und waren schlussendlich erfolgreich!" Er lachte, während ich mich – verdutzt und heimlich erfreut – abwandte und ihn sogar wegschob. Schnell holte ich zwei Teller, Löffel und Gläser auf dem Schrank und schnitt weitere Scheiben vom duftenden Weißbrot ab.

„Raffael, du alter Charmeur! Ich hoffe, ihr habt alles bekommen, was auf dem Zettel stand! Zur Belohnung gibt es eine deftige Suppe!"

„Damit ich groß und stark genug bin, um heute Nachmittag die Lücke in eurem Dach zu flicken?" Verschmitzt grinste er mich an und ich fühlte, wie meine Wangen heiß wurden. Immer musste er arbeiten, wenn er hier war!

„Nanu, wer ist das denn?" Raffael ging auf Merle zu, die wieder rote Flecken im Gesicht bekam.

„Wenn Sie wollen, dann bin ich Ihre neue Blumenverkäuferin", sagte sie schüchtern, die Gelegenheit nutzend, und quetschte ein verlegenes Lächeln heraus. Hetty und ich wechselten einen Blick.

„Prima", erklärte Raffael und hatte sich schon den ersten Löffel viel zu heißer Suppe in den Mund geschoben, noch bevor er saß.

Hetty und ich nahmen auch am Tisch Platz und griffen gleichzeitig nach einem Stück Brot.

„Das ist Merle", sagte ich. „Sie wohnt drüben im alten Bock-Haus. Und sie hat mir Flaschen für Tränke gebracht."

„Ich hab auch noch Marmeladengläser, und zwar jede Menge davon", beeilte Merle sich mit halb vollem Mund zu sagen. Raffael hatte mit seinem Auftauchen Fröhlichkeit und Leichtigkeit in den Raum geweht. Die Stimmung war lange nicht so ausgelassen gewesen und selbst ich kam nicht umhin, die menschliche Gesellschaft um mich herum zu genießen. Das Essen schmeckte. Die Küche war bunt und anheimelnd – für den Moment war alles in Ordnung und die Welt ein angenehmer, heiterer Ort. In jenen Momenten ahnte ich nicht, wie düster es bald für uns alle werden würde. Und das war auch gut so, denn umso mehr konnte ich den Augenblick genießen, unbeeinflusst von Schatten, die bald über mich gleiten und mich in Angst und Schrecken versetzen würden.

Kapitel 6 – Silvana

Das menschliche Dasein war großartig! Ich war nur für Minuten (Sekunden?), in den Genuss gekommen, einen menschlichen Leib zu bewohnen, aber von dem Moment an war mir klar, dass genau dieses Dasein mich an mein Ziel führen würde. Darüber hinaus beschenkte es mich mit einer Erfahrung, die ich mir nicht einmal in meinen Träumen hätte ausmalen können: All jene Sinnesempfindungen, die ich immer nur von außen bei anderen Wesen hatte beobachten dürfen, erlebte ich nun selbst: Die Wärme des Frühlingssonnenlichts auf der Haut. Den leise durch das Geäst streichenden Wind, der auch meine Wangen zart berührte, als wolle er mich liebkosen. Die Geräusche, die raschelnde Tiere im Gebüsch erzeugten, das Plätschern von Wasser, die nachgiebige und doch harte Rinde meines Baumes unter den Fingerspitzen. Kaum auszudenken, wie zärtlich und hingebungsvoll sich die Hände eines anderen Menschen auf der eigenen Haut anfühlen würde, eine Berührung!

Wir Naturwesen erleben Sinneswahrnehmungen mehr auf einer geistigen Ebene, sie sind wie blutleere Gedanken, die durch unsere gestaltlosen Köpfe wabern. Aber es ist ein Unterschied, ob ich den Gedanken *habe*: „Oh, ich bin glücklich!" – oder ob dieses Glück leibhaftig durch meine Adern strömt und dort einen Feuerstrom an Gefühlen auslöst!

Gleichzeitig war mir klar geworden: Nur in dieser gestohlenen, listig abgeluchsten Gestalt, würde mir die Freiheit gewährt werden, die ich brauchte, um meinen Baum verlassen und meine Familie suchen zu können. Ich wollte mehr davon; ich wollte wieder Merle Stadler sein und all das Geistige, Nymphische, Natürliche hinter mir lassen! Kaum hatte ich von Freiheit und irdischen Vergnügen, wie unbedeutend sie auch waren, auch nur gekostet, entwickelten sie sich zu einer Sehnsucht, deren möglicher Ausgang mir noch verborgen blieb, deren extreme Ausprägung ich aber kaum noch einzudämmen wusste.

Und ich wollte wiederbekommen, was ich verloren hatte: Ich würde mich auf die Suche machen und meine Kinder eigenhändig wieder zurück zu dem verlassenen Haus schleifen, wenn es sein musste! Mit Händen, die ich mir würde leihen müssen, von dieser traurigen Merle, die nicht einmal ahnte, welche Bedrohung ich für sie sein konnte.

Zum Glück lag das Bock-Haus nahe genug, dass ich Merle von nun an auf Schritt und Tritt beobachten konnte. Ich musste lernen, wie sie tickte, verfolgen, was sie tat, vorausblicken, was sie bald tun würde. Wenn ich mir ihre Denk- und Handlungsweisen vertraut machte, bemächtigte ich mich auch der Macht, die ich brauchte, um ihren Körper langfristig zu übernehmen und sie in das armselige, vergeistigte Zuhause zu verbannen, in dem ich selbst gerade noch gefangen war. Im Beobachten war ich gut – ich tat ja faktisch seit dem Tag meines Erscheinens in der irdischen Welt nichts anderes. Ich lernte rasch und war dazu in der Lage, das Gelernte anzuwenden, jedenfalls wäre ich das gewesen, wenn mir dafür ein entsprechender Körper zur Verfügung gestanden hätte. Ich lernte Dinge über sie und ich lernte Dinge über das Leben: von der Fütterung eines Hundes über die Nutzung eines Smartphones (Erstaunlich, was diese winzigen Geräte konnten!) bis hin zu verborgenen Gefühlsmomenten, die Menschen in der Regel mit ihresgleichen nicht teilen. Mich erstaunte, wie viel Mühe und Anstrengung Menschen darauf verwenden, ihre wahren

Emotionen vor ihrem Gegenüber zu verbergen und doch war es auch ein magischer Prozess, zu erleben, wie die Frau, nach deren Leib ich gierte, sich Stück für Stück ihren Mitmenschen öffnete und sich verletzbarer zeigte. Es war, als dürfe ich einer Entwicklung beiwohnen, die sich eigentlich im Verborgenen vollzog – und das beeindruckte mich sehr.

Merle lebte sich schnell in ihrem neuen Zuhause ein. Sie verbrachte viel Zeit mit dem Sortieren von Dingen, die sie zum Nachdenken, Stirnrunzeln, Kopfschütteln oder Lächeln brachten. Stunde um Stunde hockte sie auf den verschlissenen bunten Flickenteppichen im Obergeschoss dieses Hauses und wühlte in den ausgekippten Schubladeninhalten. Der Container, der angeliefert worden war und im Vorgarten die freie Sicht aus dem Küchenfenster raubte, füllte sich rasch.

Merle prüfte Papiere, Kleidung, Geschirr und Haushaltsgegenstände, Fotoalben, Werkzeuge, alte Spielsachen und unzählige andere Dinge. Sie behielt nur wenig davon, das sie feinsäuberlich in die Schränke zurückkräumte. Die Schränke und Kommoden selbst schmirgelte sie, um sie danach in Beige- und Weißtönen zu lackieren, neue Knöpfe anzubringen oder das Innere der Schubläden mit farbenfrohen Stoffen auszulegen. Eigentlich hatte sie immer Spinnweben und Farbspritzer im Haar, doch sie wirkte entspannter und vergnügter als zu jenem Zeitpunkt, an dem sie hier angekommen war. (Das war für mich und meine Pläne nicht gut, überhaupt nicht gut! Sie durfte keinesfalls in ihre innere Mitte zurückfinden! Obwohl es mich einerseits faszinierte, überlegte ich andererseits fieberhaft, wie dem Abhilfe zu schaffen sei, doch mein Unvermögen, Menschen aktiv zu schaden, stellte sich mir und meinen Zielen in den Weg.)

Mittags und abends kochte sie sich eine Kleinigkeit zu essen, dazwischen strukturierte sie ihre Tage mit ausgedehnten Spaziergängen mit dem altersschwachen Hund der Isolde Bock, der nicht mehr gut zu Fuß war.

An den Abenden brütete sie konzentriert über den bunten Bildern und Schriften, die auf dem Bildschirm ihres Klappgeräts blinkten oder sie nickte, den Hund eng an sich gekuschelt, mit Pantoffeln an den Füßen und in Jogginghose, vor dem Fernseher auf dem Sofa ein.

Es war ein immer gleicher Tagesablauf, den man als ziemlich eintönig, gar langweilig hätte beschreiben können, aber ihr schien es unerfreulich gutzutun: Sie wurde augenscheinlich ruhiger und ihre Stimmung besserte sich. Das lag vermutlich aber nicht nur an ihrem beschaulichen, recht ereignislosen Leben, sondern vor allem an den zunehmenden Besuchen bei den alten Frauen, die in der Nachbarschaft wohnten. Auch deren Leben konnte ich verfolgen, weil meine Nabelschnur, die mich an den Baum kettete, weit genug reichte, um zumindest Blicke durch die Fenster zu werfen und die Leute bei ihrem Treiben zu beobachten.

Oft saßen sie gemeinsam um den runden Tisch in der Küche, aßen, lachten und scherzten, meistens war auch der junge Mann mit von der Partie.

Manchmal hockte Merle auch einfach neben der Kräuterhexe, während in der Küche Kompott und Marmeladen eingekocht oder Sirup, Liköre und Säfte hergestellt wurden. (Nachdem ich einmal in den Genuss gekommen war, den Duft meiner Apfelblüten und die Algen im Teich zu riechen, trauerte ich meiner mir als Nymphe fehlenden Möglichkeit, über die Nase etwas wahrzunehmen, besonders hinterher.)

Die Kräuterfrau – machte mir Angst: Obwohl ich wusste, dass sie mich nicht sehen konnte, war es mir manchmal, als würden ihre Augen einen Hauch länger als die aller anderen auf der Stelle verweilen, an der ich gerade herumflatterte und meinen Beobachtungen nachging. Konnte sie meine Anwesenheit erspüren? Erahnen? Sie war mir nicht geheuer und ihre wachsende Verbindung mit Merle machte mir Sorgen. Für mich würde es, je länger dieser positiv gestimmte Zustand meines auserwählten Menschenkindes anhielt, immer schwieriger werden, ihr ihren Körper erneut abzuluchsen. Vielleicht war sie bald so heimisch in ihrer netten Gesellschaft, dass sie ihren Wunsch, ein Baum – oder tot – zu sein, ganz und gar vergaß? Wie sollte ich sie dann dazu bringen, einen erneuten Tausch vorzunehmen?

Noch größere Sorgen bereitete mir der junge, schwarzhaarige Mann, der nun häufig um sie herumscharwenzelte. Er hatte ihr einen Job in seinem Laden gegeben, den sie gern und mit einem Lächeln erledigte, weil sie die kreative Arbeit mit den Blumen und inzwischen auch den Kontakt mit den Menschen mochte. Die beiden konnten sich gut leiden und fanden etliche Themen, banale oder wichtige, über die zu reden sich zu lohnen schien. Der Mann, der auch mit der gefährlichen Kräuterfrau sehr eng war, wurde für mich zu einer ernsthaften Bedrohung, die mich so bekümmerte, dass die Blüten meines Baumes schlapp und trübe nach unten hingen. Es war Frühling, alles war im Wachstum und im Werden begriffen, auf Expansion und Explosion ausgerichtet – nur meine Blüten ließen sich hängen, als hätten sie wochenlang kein Wasser bekommen. Dabei sorgte ich nach wie vor aufmerksam und verantwortungsbewusst für meinen Baum, wie es die mir zugedachte Aufgabe war! Es fehlte ihm an nichts! Und es wäre alles gut geworden, wenn diese Sache zwischen mir und Merle geblieben wäre! Das tat sie jedoch nicht, sie wandelte sich zu einem Etwas, das andere Menschen zwangsläufig einschloss, denn Merle war auf eine ätzende und besorgniserregende Art heiter und gelassen geworden.

Mehr und mehr erschienen mir diese seltsame Familie, in der kaum jemand in einem echten Verwandtschaftsverhältnis stand, wie eine willkürlich zusammengewürfelte, aber doch eng miteinander verbundene Truppe, die mich und meine Bedürfnisse aus ihrem Kreis ausschloss. Ich sehnte mich einmal mehr nach *meiner* Familie, die mich zwar nie bewusst in ihre Runde einbezogen hatte – wie auch, wo ich doch unsichtbar war? Doch meine Familienmitglieder hatten mich durch ihren unerschütterlichen Gleichmut und die Ruhe, die sie gemeinsam in sich selbst fanden, irgendwie immer unbewusst berücksichtigt: Ich war wie ein Möbelstück für sie gewesen, dessen Anwesenheit im Raum man nicht nur duldete oder nörgelnd ertrug, sondern sogar wertschätzte. Hier, in Gesellschaft dieser Menschen war ich weniger als das, ich war *nichts*, ich war *nicht existent* – und ich würde ein Nichts bleiben, wenn es mir nicht gelang, Merle zu einem erneuten, diesmal langfristigen Tausch zu überreden. Es war an der Zeit, mich auf mein eigentliches Ziel zu besinnen: Beobachten, eine Entscheidung treffen, zuschlagen, wenn die Situation es erlaubte, die Chance nicht verpassen!

Ein nach wie vor wundes Mal von Merle schien mir die Beziehung zu ihrem Vater zu sein, die ungewöhnlich distanziert war. Sie begegneten sich nicht sehr oft, aber wenn, dann verhielten sie sich seltsam und anders, als ich es gewohnt war zwischen Menschen, die derselben Familie entstammten: Entweder, sie schlichen umeinander herum wie zwei Tiere, die zwar im selben Gehege hausten, aber keine Berührungspunkte hatten, Planeten in unterschiedlichen Universen, die sich bei ihrem ewigen Kreisen nicht berührten. Oder sie verbissen sich in kleinen, unbedeutenden Streitereien ineinander, die niemals ein Ende fanden und kaum je eindeutig einen Sieger kürten. Es war, als würden sie sich gleichzeitig verabscheuen, einander völlig gleichgültig sein oder einander unablässig anziehen, was natürlich unmöglich war. Vielleicht taten sie es im Wechsel.

Ich verbrachte viel Zeit auf den Fensterbrettern hinter den Gardinen, auf der Sofalehne, der Zierleiste auf den Küchenschränken, dem Kaminrohr. Ich saß, hockte, lag, flatterte und flog. Ich quälte mich durch endlos lange Fernsehfilme und -serien und wurde nicht müde, den Blick auf Merle zu richten, wenn sie stundenlang in einem Buch las oder mit nervösen Fingern auf ihrem kleinen Ding herumklickte, das sie Maus nannte. Mir entging keine ihrer Regungen und bald kannte ich sie besser als sie sich selbst.

An einem dieser Tage, an denen ich meinen Wachposten in ihrer Nähe nur verließ, um hin und wieder nach meinem Baum zu sehen, rührte Merle in einer Glaskaraffe herum, wie sie es schon etliche Male bei der Kräuterfrau mit dem lauernden Blick gesehen hatte. Zu ihrem eigenen Erstaunen hatte sie sich als eine wissbegierige Schülerin entpuppt, die ein großes Interesse an der Heilkunde und den alten Künsten besaß. Und Karsta, vermutlich in Gedanken bei ihrem möglicherweise in absehbarer Zeit drohenden Ableben – immerhin war sie weit über siebzig – empfand wohl den typisch menschlichen Wunsch, etwas vererben und hinterlassen zu können: Sie teilte all das Wissen, das sie bislang stur für sich behalten hatte, mit der naseweisen Frau, die immer viele Fragen stellte und das Erfahrene dann zu Hause selbst ausprobierte.

Dass meine Merle, mein zukünftiger Körper, derart tief und forsch in das verborgene, geheime Wissen der Natur vordrang, behagte mir überhaupt nicht. Sie würde zu viel erfahren, was meine Mission gefährden konnte. Deshalb versuchte ich mehrere Male, ihre Experimente zu boykottieren: Ich gab mir alle Mühe, die getrockneten (denn gesammelt wurde im Sommer) Kräuter in den Ausguss der Spüle zu schütten, den schweren Behälter, dem ein strenger, scharfer Geruch entströmte, vom Tresen zu schubsen oder einen Rührlöffel nach dem ins Tun versunkene Mädchen zu werfen. Aber nichts davon glückte mir. Meine Fähigkeiten beschränkten sich darauf, ein paar luftige Gardinen wehen zu lassen, ohne dass Wind ging, vielleicht noch ein zartes Summen erklingen zu lassen. Ich musste mir etwas überlegen, um mit ihr kommunizieren zu können, aber es fehlte mir an Möglichkeiten und auch an Fantasie. Sagte ich bereits, dass die Imaginationskraft von Feen beschränkt ist auf ihre eigene Welt, in die Menschen niemals vollends werden eintauchen können?

Ratlos und missmutig beobachtete ich, wie Merle zwei Handvoll Zitronenmelisse ins Glas gab und mit einem Teelöffel Rosmarinblätter abmaß. Ich flog mit Anlauf gegen ihre Hand, als sie Tausendgüldenkraut und Wermut dazu schüttete und knallte mit der Stirn an den Behälter mit dem Schnaps. Jedenfalls dachte ich das, doch ich spürte nichts. Mein ätherischer Körper mit seiner zarten, kaum spürbaren Substanz erzwang keinen Widerstand und umgekehrt konnte auch Merle mich nicht hören und nicht fühlen. Der magische Moment der gleichzeitigen Sehnsucht, der uns das Fenster für den Identitätstausch geöffnet hatte, war längst wieder geschlossen.

„Ordentlich umrühren und dann vierzehn Tage in der Wärme stehenlassen", sagte Merle zu ihrem Hund, der auf dem Sofa lag und sie ebenso aufmerksam betrachtete wie ich. „Wir werden einen wunderbaren Trank produzieren, der Senioren neue Kraft verleiht, Mandy. Ein Geschenk für Karsta, die oft über ihren Rücken ächzt. Was meinst du?"

Der Hund legte den Kopf schief. Ich auch, aber aus anderen Gründen. *Täglich einmal schütteln, dann abfiltern und auspressen, zum Trinken schließlich in einer Tasse mit heißem Wasser und etwas Honig verrühren,* sprach ich stumm mit, während Merle sich das Rezept vorbetete, das sie längst auswendig kannte. Böse, alte Kräuterfrau! Verdarb mir die Bereitschaft meines Gefäßes, sich mir bereitzustellen, indem sie neue Interessen und Leidenschaften weckte! Ich musste das verhindern und mehr Einfluss auf sie nehmen – aber wie?

„Wollen wir das Ganze noch mal mit Lavendel wiederholen, Mandy? Das würde bei Rheuma oder Haarausfall helfen." Sie schraubte das Glas zu und ging zum Sofa, um dem Tier den Kopf zu kraulen.

„Hast Recht, wir haben kein Rheuma und Haarausfall auch nicht. Aber vielleicht könnte ich, wenn ich gut genug werde, Karsta bei der Produktion der Dinge helfen, die sie verkauft? Das Angebot wäre größer ... Wir könnten hübsche Etiketten gestalten ..."

Sie nahm Platz und griff mal wieder nach der ominösen Maus, deren hin und her flitzendes Pendant auf dem Bildschirm schnell eine Datei geöffnet hatte.

„Mal sehen ... Ich mache mir eine kleine Liste, was alles zu tun ist, um nichts zu vergessen. Dann kann ich Karsta vorschlagen, sie zu unterstützen.

Karsta und Hetty haben uns frischgebackenes Brot mitgegeben, weißt du das, Mandy? Du kannst davon nichts haben, aber *mich* wird es sehr glücklich machen."

Merle tippte, die Augen auf den Monitor ihres Laptops gerichtet. Ihre Finger flogen nur so über die Tastatur. Und da dachte ich, wenn ihre Finger fliegen – dann kann ich das auch! Und während sie innehielt und einen Moment nachdachte, da nahm ich Anlauf – und hüpfte federflatternd leicht von Buchstaben zu Buchstaben, bis ich notiert hatte, was ich Merle hatte mitteilen wollen. Es war überhaupt nicht schwer, denn die Tasten waren sehr leicht zu drücken. Lesen und schreiben konnte ich, seitdem ich meinen Kindern während ihrer Hausaufgaben immer wieder über die Schulter geblickt hatte. Naturwesen lernen nämlich sehr umfassend und rasch.

Etwas außer Atem ließ ich mich dann auf das Sofakissen sinken. Und stellte tiefbefriedigt fest, dass Merles Augen sich weiteten und die Stirn tiefe Falten schlug.

- mehr Elixiere für die am weitesten verbreiteten Krankheiten produzieren
- Etiketten gestalten

- einen hübschen Verschluss anbringen (Seidenborte? Spitzenhaube?)
- in Märkten in der Umgebung Ausstellungsmöglichkeit anfragen

Das alles stand dort, es war von Merles Gehirn direkt auf dieses virtuelle weiße Blatt geflossen. Und nun dies:

```
tausch bald wieder?
erwarte dich an apfelbaum
ruine
```

Es stand dort, aber Merle hatte es nicht geschrieben. ICH hatte es geschrieben, dachte ich stolz.

„Was ist das denn?", fragte sie. „Ein Virus? Was macht dieses blöde Ding denn da?"

Nein, das bin ich, du dumme Nuss, wollte ich schreien, aber schreien half ja nichts. Also rappelte ich mich wieder auf, flog, sprang, glitt leichtfüßiger über die Tasten, als mir zumute war.

```
ich bin die fee
willst du das feenleben kosten?
Kurz oder lang
nur ein versuch
wie du willst
willst du?
```

```
fliegen
leichtigkeit
keine sorgen mehr
blühend
```

Ich war überwältigt! Es war mir tatsächlich gelungen, auf einem ungewöhnlich modernen Weg einen direkten Kontakt mit dem Menschenwesen herzustellen! Wenn sie nicht ganz und gar verblödet war, würde sie erkennen, was sich dahinter verbarg und sich auf diesen Kanal des Austauschs einlassen! Noch deutlicher konnte ich wohl nun wirklich nicht werden!

Merle lachte.

Sie lachte!

„Schöne Verarsche", sagte sie, an Mandy gewandt. „Aber woher weiß dieser Hacker, dass ich neulich so intensiv von dieser Apfelbaumfee geträumt habe, dass es mir fast ein bisschen Angst gemacht hatte?"

Das Gelächter verstummte und ihr Mund verzog sich zu einem schmalen Strich.

„Abgesehen davon finde ich es alles andere als lustig, mir meine Festplatte zu verseuchen, immerhin brauche ich die auch zum Arbeiten. Falls das ein Scherz ist, ist er also nicht wirklich lustig. Siehst du auch so, Mandy, oder?"

Sie tippte nichts zurück. Sie ging auf mein Angebot, ein Gespräch zu führen, überhaupt nicht ein, beantwortete keine meiner Fragen! Ja, sie nahm mich nicht einmal als echt existentes Gegenüber wahr, sondern verbannte meine Existenz in die Trugwelt ihrer Träume! Mit dem blöden Hund sprach sie pausenlos – aber mit mir wechselte sie kein einziges Wort!

Mit ein, zwei Handgriffen schloss sie die Datei, murmelte; „Ich werde das Programm mal neu installieren ..." und griff nach Kugelschreiber und Block, um die Notizen auf analoge Art zu wiederholen.

Ich war sauer und enttäuscht. Nicht nur, dass sie mich negierte und jeden Austausch mit mir verweigerte – sie kehrte auch zu einer Art des Schreibens zurück, die mir ihre Nutzung unmöglich machte! Ich konnte niemals genug Kraft und Energie aufbringen, um einen Stift zwischen den Händen zu halten und mit seiner Mine über ein Blatt Papier zu streichen!

Während ich noch vor mich hin bockte, drohte mit dem Klappern der Tür das nächste Unheil. Wer mochte das sein? Der schwarzhaarige Typ, der wie so ein hingerissener Idiot an ihren Augen und Lippen hing, wenn sie etwas von Gerbera, Vergissmeinnicht und Bellis säuselte? Oder gar die hinterlistige Kräuterfrau, die neue Rezepte vorbeibrachte und meinen Merle-Körper damit vom Wesentlichen ablenkte, nämlich jenem Weltschmerz, den es brauchte, um sie zu einem endgültigen Tausch zu überreden?

Wer auch immer es war, diese Person hatte mir gerade einen gewaltigen Strich durch die Rechnung gemacht und unser kleines, intimes Zusammensein gestört, das bedeutende Folgen hätte haben können! Und Merle selbst hatte es ebenfalls gestört, indem sie sich geweigert hatte, meine Existenz anzuerkennen! Ein *Traum* war ich für sie, ich und mein Baum, eine nächtlich verwirrte Halluzination! Das war alles! Sie sollte in der Hölle schmoren!

Mir fiel ein, dass es meine Aufgabe war, die Menschen zu behüten und zu beschützen – dazu gehörte sicher nicht ein böser Wunsch dieser Art, wenn er sich doch auch nicht bewahrheiten würde. Aber ich wurde ja langsam zu einer schlimmen Fee, wie jene im Märchen, mit dem den Kindern Angst eingejagt wird!

Ich erschrak. Es war doch nur mein Wunsch, sagte ich mir verzweifelt, einmal doch dieses fröhliche, unbeschwerte Lachen meiner Kinder zu hören, die auf den Schaukeln gen Himmel strebten!

Ihre stupsnasigen, roten Gesichter im Vorbeigleiten mit meinen Flügeln zu streifen, um sie wissen zu lassen, dass ich da war und immer da sein würde … Ihre flüsternden Stimmchen zu vernehmen, die sich unter der Bettdecke Geschichten und Märchen erzählten, bis ihnen die Augen zufielen … Geschichten, in denen *ich* eine Rolle spielte!

Ich war hin und hergerissen zwischen meinem schlechten Gewissen und dem Wunsch, der Menschen Schicksale gütig und wohlwollend zu beeinflussen, wie es mir geboten war und meiner egoistischen Sehnsucht, mein eigenes Herz mit Liebe zu füllen, bis es in üppigen Bächen überlief! Schnell zog ich mich zum Fenster zurück, von wo aus ich in Sekundenschnelle meinen Baum erreichen würde.

Merles Vater trat ins Zimmer, als sei er dort zu Hause.

„Ich hab keine Zeit für dich", blaffte sie ihn an und klappte ihren Laptop zu. Offenbar hatte sich ihre Laune durch das gerade Erlebte erheblich verschlechtert. Ich wusste nicht, ob ich darüber froh sein sollte.

„Ich wollte mit Raffael ein paar Einkäufe erledigen, er braucht einen neuen Schreibtischstuhl im Büro. Wir fahren in die Stadt."

„Soso", grinste Martin Bock, der wieder sehr blass um die Nase herum und irgendwie speckig gelblich wirkte. „Du kennst das Hinterzimmer seiner Geschäftsräume schon? Bist du nicht eigentlich immer noch mit diesem schmierigen Typen mit der Werbefirma verheiratet?"

Sie warf ihm eine Zeitung entgegen, musste aber nun selbst auch lachen. Die Gefahr eines ernsthaften Streites – der allzu leicht zwischen den beiden impulsiven Gestalten, die sich ähnlicher waren, als sie glaubten, entbrannte – war zunächst abgewendet.

„Raffael ermöglicht mir mit dem Job einen Neuanfang", sagte sie, als müsse sie sich rechtfertigen, vor ihrem Vater oder vor sich selbst war nicht ganz klar. „Und ich habe dank Karsta, Hetty und Raffael hier schnell Anschluss gefunden."

Ich nickte grimmig. Genau, DAS war ja das Problem!

„Ich dachte, *ich* wäre dein Anschluss", sagte Martin, etwas gekränkt und bückte sich nach der Zeitung, die aber in dem ganzen Wust, der immer noch auf dem Boden verstreut lag, sowieso unterging.

„Du bist der Mann, der mich gezeugt hat, das ist alles", gab Merle kühl zurück. Oh, wie schön, die Zoffalarm-Kurve stieg schlagartig rasant nach oben! Aber Martin stieg nicht auf den Affront ein und seufzte bloß.

„Wir könnten mal zusammen angeln gehen", schlug er unvermittelt vor.

„Angeln", wiederholte Merle mit schräg gestellten Brauen und einem nach oben gezogenen Mundwinkel. „Wie in diesen amerikanischen dicken Wälzern, wo die Väter mit ihren heranwachsenden Söhnen zum Angeln fahren, um Männergespräche zu führen und ihnen die Welt zu erklären? Ich bin kein Sohn und auch nicht mehr in der Pubertät. Und die Welt kenne ich schon – sie hat fiese Seiten. Um das zu erkennen, brauchte ich dich überhaupt nicht."

„Ich wollte dich nicht belehren oder aufdringlich sein", brummte Martin, „nur ein Angebot machen, für zusammen verbrachte Zeit, ganz unverbindlich. Ob Angeln oder Spazierengehen oder was weiß ich. Wir können ja auch was anderes machen. Schach spielen oder ins Kino gehen oder so. Was macht dir denn Spaß?"

„Interessiert dich das wirklich?"

„Würde ich sonst fragen?"

„Es könnte auch eine Floskel sein, um Schweigen zu überspielen."

„Es interessiert mich."

„Gut", sagte Merle. „Ich liebte es, mit meiner Mutter Monopoly zu spielen, weil wir dabei immer herzhaft gelacht und so getan haben, als seien wir skrupellose Kapitalisten, megaerfolgreich und voller schlauer Geschäftsideen. Jetzt, wo meine Mutter tot ist, macht mir nichts mehr Spaß! Und stell dir vor, das kann ein bisschen Angeln oder ein Spaziergang mir auch nicht zurückbringen, also versuch es gar nicht erst, okay? Außerdem bist du ein Fremder für mich."

„Deswegen wollte ich ja, dass wir zusammen angeln – um uns kennenzulernen."

„Danke, ich verzichte. Meine Mutter wäre vielleicht noch am Leben, wenn sie etwas weniger einsam gewesen wäre und etwas weniger unter Druck gestanden hätte, uns beide irgendwie zu ernähren und durch ein ziemlich feindliches Gebiet zu bringen, das sich Leben nennt."

„An Einsamkeit und Überforderung stirbt man nicht. Sie hat doch sicher eine Krankheit gehabt? Oder war es ein Unfall?"

Merle funkelte ihren Vater finster an.

„An Einsamkeit und Überlastung kann man sehr wohl sterben. Und wenn man sich selbst aufgegeben hat, weil man einfach nicht mehr kann, weil man dem Leben und seinen Anforderungen nichts mehr entgegenzusetzen hat, dann fehlt einem auch die Kraft, um gegen Krankheiten zu kämpfen. Zum Beispiel einen Krebs, der dich dahinrafft, ohne dass du auch nur das Geringste dagegen unternehmen kannst."

Nun war er im schönsten Gange, der Streit, den ich ersehnt hatte. Aber er machte mir weniger Spaß als gedacht. Zum einen ging Martin Bock auf die Angriffe nicht ein, sie verpufften also im Grunde und bewirkten weder eine Reibung noch eine Zündung. Und zum anderen tat Merle, die erregt sprach und in deren Augen Tränen glänzten, mir plötzlich sehr leid. Es musste grausam sein, seine Mutter zu verlieren, so früh und dann auch noch als den einzigen Elternteil, der verlässlich zur Verfügung gestanden hatte! Das einzige offene Ohr bei Problemen, die Person, die Rat gab und den Rücken stärkte und dir versicherte, dass alles gut würde, weil du alles würdest schaffen können! Und dieser Verlust kombiniert mit einer Trennung vom Ehemann, der jahrelang Begleiter gewesen war und an den das Haus, der Garten und der Lebensmittelpunkt sich knüpften? Meine eigene Einsamkeit nach dem Verlust meiner Familie spiegelte sich in den Verlusten Merles und mein Herz – das ich eigentlich nicht besaß, wurde schwer.

Dieses Mädchen war eiskalt von allen Händen gleichzeitig fallengelassen worden – und Martin Bock war nicht da gewesen, um ihren Sturz aus tausend Höhen zu mildern! Kein Wunder, dass sie bis ins Mark verletzt war und innerlich alles ablehnen würde, was von diesem Mann kam. In Sachen Verantwortung und Zuneigung hatte er sich nicht gerade mit Ruhm bekleckert!

„Ich kann nicht wiedergutmachen, was war", nuschelte Martin, immerhin laut genug, dass auch ich am Fenster ihn verstand. „Aber ich kann mir Mühe geben, die Dinge ab sofort etwas besser hinzukriegen."

Merle überlegte. Dann nickte sie.

„Ja, das stimmt", erwiderte sie. Sie wirkte ein bisschen erschöpft. Über der ganzen Aufregung hatte sie meine Botschaften völlig vergessen! Ein weiteres Mal verfluchte ich Bock, der nur ein Klotz am Bein war, für sie und auch für mich.

„Ich finde Angeln total blöd, ich bin sowieso auch Vegetarierin. Aber von mir aus können wir mal ein Stück zusammen gehen und du kannst mir die Gegend hier zeigen. Oder das stillgelegte Restaurant, über dem du lebst. Du hast doch bestimmt irgendwelche Pläne damit?"

Sie kraulte Mandy gedankenversunken hinter den Ohren und sah aus, als täten ihr die gerade entschlüpften Worte schon wieder leid. Schrecklich, diese menschliche Wankelmütigkeit! Der Zorn war vergangen, kaum, dass sie ihm Luft gemacht hatte und an seine Stelle trat eine ärgerliche Bereitschaft, einen Schritt auf den Fremden zuzugehen.

Und Martin Bock, als hätte man ihm das Stichwort gegeben, begann zu erzählen. Von dem Restaurant, das brach lag, obwohl es Gäste hätte haben sollen. Von seiner Arbeit als Anwalt, die er einst geliebt hatte. Von seiner Reue und seinem Wunsch, er hätte sich früher und inniger um seine verlorene Tochter gekümmert und dass er diesen Fehler wieder gutmachen wollte. Die verlorene Tochter hörte zu. Sie kochte sogar Kaffee und stellte Hettys Haferkekse mit Rosinen auf den Tisch. Vergessen war, dass sie eigentlich schnell hatte weggehen müssen, das ging ja wohl in einer Stunde auch noch, wie sie ihm versicherte, während sie am Kaffee nippten und Gebäck knabberten und sich über Gott und die Welt unterhielten!

Es war der Auftakt zu noch mehr Vernetzung, familiärer Vernetzung. Für *mich* war es eine Katastrophe.

Kapitel 7 – Merle

Gerade, wenn man denkt, man hat sich ein bisschen aufgerappelt, erwischte einen wieder ein Schlag, der wie aus dem Nichts kam. Ich hatte mit dem Entrümpeln angefangen – und damit, aus dem schäbigen Haus ein echtes Zuhause zu machen – und überlegte mir bereits Wandfarben und Tapetenmuster für Wohnzimmer und Küche, die Stück für Stück leerer, luftiger und freundlicher geworden waren. Ich hatte nette Menschen kennengelernt, die mich ohne Zögern und Skepsis in ihrer Mitte aufnahmen und mir das Gefühl gaben, nicht ganz und gar allein zu sein. Rasch hatte ich sogar wie durch Zufall einen Job gefunden, und damit sowohl eine nützliche Aufgabe als auch ein regelmäßiges Gehalt, das mir meinen derzeit durchaus bescheidenen Lebensstil sichern würde. Ich dachte, es ginge wieder bergauf und hatte kaum Zeit, Anlauf für die nächste Hürde zu nehmen. Sie kam in Form eines Gesprächs mit meinem Noch-Mann am Telefon.

Wie immer bei den wenigen Malen, die Christoph mich überhaupt kontaktierte, um Organisatorisches oder anderes zu klären, war er in Eile und versäumte es natürlich auch, mich nach meinem Befinden zu fragen. Das musste er freilich auch nicht, aber ich hätte es doch schön gefunden, nach etlichen Jahren gemeinsamer Zeit, wenn zumindest ein grundlegendes Interesse am Wohlergehen des Gegenübers erhalten geblieben wäre. Pustekuchen! Christoph klang gehetzt und genervt und im Hintergrund vernahm ich typische Bahnhofsgeräusche.

„Hier Christoph", sagte er kurz angebunden zwischen dem Quietschen eines einfahrenden Zuges, menschlichem Gemurmel und dem Echo, das große Halle zurückwerfen. „Gestern ist wieder diese Zeitschrift im Briefkasten gewesen, die du abonniert hast. Was soll ich damit machen? Dir nachschicken? Soll ich dir etwa schon wieder was vor den Hintern tragen, weil du es allein nicht geregelt bekommst?"

Er lief, ich konnte es hören. Sah ihn vor mir, den Trenchcoat hastig übergeworfen, den kleinen ledernen Weekender in der Hand. Während mein Leben stillstand, ging seines weiter, mit allen Annehmlichkeiten und Herausforderungen, als hätte es mich nicht an seiner Seite gegeben. Hatte es zuletzt auch nicht – ich war nur noch eine unbedeutende Randnotiz gewesen, die man leicht übersah.

„Schick sie mir nach, kann ja nicht so schwer sein", sagte ich, verärgert darüber, dass er auch *diese* Gelegenheit nutzte, um Kritik an mir zu üben.

„Ich hab deine Adresse nicht. Ich muss auch los, ich hab einen geschäftlichen Termin … in … *Du* musst dich darum kümmern, die Zeitschrift umzumelden, denn du weißt ja …"

„Ab nächsten Monat lebst du ein halbes Jahr in Tokio, ich weiß", vollendete ich und verspürte einen Stich im Herzen. Dieser Umstand war einer der Gründe gewesen, warum wir als Einheit gescheitert waren. Ich hatte nicht mit ins Ausland gewollt – Christoph hatte eine Fernbeziehung abgelehnt. Unsere Zukunftsvorstellungen waren mit den Jahren immer weiter auseinandergedriftet. Niemand hatte nachgegeben. Wir trafen uns an keinem Punkt mehr.

„Die Putzfrau leert den Briefkasten dann nur noch sporadisch und dann verstopft dein Scheiß den Kasten und die wichtigen Dinge kommen vielleicht nicht mehr bei mir an", höre ich seine klare, tiefe Stimme durch den Hörer, die mir nie wieder den Kulturteil der Zeitung vorlesen würde. Oder mich fragen, ob ich einen Snack, einen Cappuccino, eine Limo wollte. Bald würde unser ehemals gemeinsames Haus vollkommen leer stehen, aber im Gegenzug zu meinem – Oma Bocks Bruchbude – würde es sehnsüchtig auf die Rückkehr des Hausherrn warten. Das schmerzte. Es schmerzte so sehr, dass ich das Gefühl hatte, nicht mehr atmen zu können. Scheiterten Beziehungen nicht erst dann endgültig, wenn an die Stelle von Liebe und Zuneigung so etwas wie Hass, Verachtung oder Gleichgültigkeit getreten waren? Bei uns hatte es nichts davon gegeben, und trotzdem hatten wir uns auseinanderbewegt. Oder stimmte das nicht? Machte ich mir etwas vor und beurteilte unser Verhältnis aus nostalgischen Gründen positiver, als es tatsächlich gewesen war? Ich versuchte, mich an eine liebevolle Geste oder ein freundliches Wort aus der letzten gemeinsamen Zeit zu erinnern, aber es tauchte keine Szene auf, die mir real erschien.

„Kümmere dich um deinen Scheiß, Merle", setzte er nach. „Das wirst du doch wohl mal geregelt kriegen, einem Zeitungsverlag deine neue Adresse mitzuteilen! Es ist schlimm genug, dass du mich jetzt hier damit aufhältst, weil ich mich immer noch um alles selbst kümmern muss! Aber mein Zug fährt gleich los und ich habe wichtige Telefonate zu führen … Weißt du, die Welt dreht sich nicht nur um dich und deine Bedürfnisse! Da wollen auch Leute was von mir, die *wirklich* eine Bedeutung haben!"

Ja klar, dachte ich. *Wichtigere Gespräche musste er führen, wichtiger als das mit mir! Und danke, es geht mir gut, danke der Nachfrage!* Meinen Mund umspielte ein bitteres Lächeln: Ich lag wohl doch falsch: Seine Gleichgültigkeit mir gegenüber strömte mit jedem Ton und jedem Atemhauch durchs Telefon.

„Ich kümmere mich sofort darum", sagte ich, die Tränen mühsam zurückhaltend, ganz das brave, gehorsame Mädchen, das er gewohnt war. Mein Kopf war voll von Gedanken, die wild durcheinanderstoben: Christoph, der neben mir auf dem Sofa saß und zärtlich, auch besitzergreifend mein Knie tätschelte. Der Zaun um unseren winzigen Vorgarten, der diesen Sommer unbedingt gestrichen werden musste. (Wer würde das nun übernehmen, wo ich doch weg war?) Die fremde getigerte Katze, die immer unter dem Auto saß, wenn wir aus der Haustür kamen, um irgendwohin zu fahren, wie wir es in vielen Jahren unzählige Male getan hatten. Tausend und Abertausend Mosaiksteinchen eines Lebens, das mir vertraut gewesen und nun abhandengekommen war.

„Wenn du dich nicht gleich darum kümmerst, mach ich es", kündigte mir Christoph in gewohnt herrischem Ton an. „Dann ruf *ich* da an und bestell die Scheiße ab."

Bitte nicht, dachte ich. Diese Zeitschrift war eine der letzten Verbindungen zu meinem alten Leben. Ich würde sie nicht lesen, wenn sie eintrudelte, aber es würde mir vielleicht Halt geben, sie hier einfach liegen zu haben, inmitten des alten Gerümpels von Isolde Bock.

„ICH KÜMMERE MICH DARUM", brüllte ich, nicht genau wissend, ob ich meine unbekannte Großmutter, meinen unwilligen Vater oder meinen flüchtigen Bald-Ex-Mann anschreien wollte. Obwohl – mein Vater hatte ja jüngst immerhin versucht, sich mir auf die ihm eigene ungeschickte Weise, etwas anzunähern. Ich musste den Menschen eine Chance geben! Durfte nicht immer so viel erwarten, nichts für selbstverständlich halten! Mir oblag sowieso nicht, was die anderen fühlten, dachten oder taten. Zum wiederholten Male verfluchte ich meine Neigung, immer nur defensiv auf Dinge zu reagieren und mich niemals proaktiv in einen Konflikt zu stürzen, um etwas zu erreichen, das mir am Herzen lag.

„Schrei nicht rum, sondern erledige deine Aufgaben", gab Christoph kalt zurück. „Ich mach jetzt Schluss. Bis demnächst!" Ich hörte noch das perlende Gelächter und die Begrüßung einer Frau (Also, doch! Warum erfüllte sich selbst dieses hässliche Klischee so zuverlässig?) und dann war das Gespräch unterbrochen. Wozu hatte ich es überhaupt geführt? Um mir erneut sagen zu lassen, dass ich nachlässig und unzuverlässig war und die einfachsten Sachen nicht auf die Reihe bekam? Um mich noch in meinem selbst gewählten Exil aus der Ferne verunsichern und mir die Laune vermiesen zu lassen?

So nicht, mein Lieber, dachte ich. Es würde noch einiges an Bürokratie zu klären geben, bis wir geschiedene Leute waren und ich hatte nicht die Absicht, mich von jedem Telefonat und jeder Begegnung derart runterziehen zu lassen. Doch als ich – pflichtschuldig und mit schlechtem Gewissen – den Laptop aufklappte, um die Adresse des Zeitungsverlags rauszusuchen, da prangten mir Worte entgegen, die in einer Datei standen:

```
frei sein?
einmal die freiheit spüren?
die last ablegen?
die baumfee wartet auf dich
```

Wo kam das her? Hatte ich es unterbewusst selbst geschrieben? Oder hatte sich jemand einen Scherz erlaubt? Aber wer und warum? Niemand kam hier ungefragt rein, es sei denn, mein Vater besaß ohne mein Wissen einen zweiten Schlüssel. Aber er und auch jeder andere konnte von meinem erstaunlich echt wirkenden Traum von der Nymphe aus dem Apfelbaum überhaupt nichts wissen!

Doch wer auch immer diese Worte in das Gerät getippt hatte: Er oder sie kannte meinen Traum mit der Fee aus dem verwilderten Garten hinter dem zerfallenen Haus! Und diese Person wusste oder ahnte zumindest, wie fragil mein derzeitiger emotionaler Zustand sich gerade präsentierte. Bot mir gar eine verlockende Lösung an, um einmal durchzuschnaufen! Wer war das? Und warum tat dieser Mensch das? Wollte er mich erschrecken? Mir Angst machen? Oder mir eine Lösung offenbaren, die meinem wunden Herzen womöglich ein bisschen Erleichterung verschaffen konnte? Aber das gab es doch nicht! Es war doch nur ein Traum gewesen! Oder?

Ich vergaß, dass ich dem Verlag meine neue Adresse mitteilen wollte. Signalisierte dieses Mal Mandy, die mir sofort schwanzwedelnd folgte, als ich vom Sofa aufstand, dass ich sie heute nicht mitnehmen würde – zu eigenartig und unberechenbar erschien mir der kleine Ausflug, den ich mir plötzlich vorgenommen hatte. Es war, als zöge mich eine Macht dahin, gegen die ich mich nicht wehren konnte. Oder wollte?

Ich brauchte nur wenige Minuten zu dem Grundstück, das ich eigentlich nicht mehr hatte betreten wollen; es war ja nicht weit weg. Alles, woran ich noch denken konnte, war mein Wunsch, meiner Seele nur für wenige Minuten Erleichterung zu verschaffen, den Grübelkreislauf eine Zeit lang zu unterbrechen. Vielleicht wäre alles anders gelaufen, wenn mir eine Droge, eine Flasche Schnaps oder ein Medikament zur Verfügung gestanden hätte, mit dem ich mir zumindest mal für einen Tag oder eine Nacht das Bewusstsein hätte wegballern können. Aber diese Möglichkeiten scheute ich – oder sie waren einfach unerreichbar. Also folgte ich dem stummen Ruf des Baums, der mir – womöglich – eine Auszeit aus dem Leben verschaffen würde, das ich als durchaus anstrengend und herausfordernd empfand, in manchen Momenten nicht einmal wirklich mochte.

Ich ließ mich von Silvanas Baum empfangen als sei er eine warmherzige alte Frau, die ein Kind in ihrem Schoß wiegt. Betrachtete gleichermaßen ratlos wie erstaunt die fragilen, weißen Blüten, die wie filigrane kleine Kunstwerke wirkten, und lehnte meine Stirn an den runzligen Stamm. Sprach flüsternd meinen Wunsch aus: *Nimm mir die Last von den Schultern, die Last des Lebens, die Verantwortung, als erwachsener Mensch ein reifes Dasein zu führen. Probleme zu lösen, Begegnungen zu meistern, Konflikte in den Griff zu kriegen, Entscheidungen zu treffen, mühsam (und nicht immer erfolgreich) die Kontrolle bewahren zu müssen und an Unwägbarkeiten zu scheitern. Nimm mir die Last!*

Es passierte wieder und war kein Traum. Silvana glitt in meinen Körper hinein und ich wurde zu ihr, einem geistigen Naturwesen, dessen Arme und Beine aus Zweigen und Wurzeln bestanden. Ich atmete die Apfelblüten, die eine reiche Ernte im Herbst verheißen würden. Ich vernahm die Melodie der Jahresringe und sang sie selbst. Ich wogte im Wind und ließ hinter mir, was mich bedrückte. Aber auch das Gute, denn sogleich verschwanden auch mein neues Zuhause, Mandy, Hetty, Karsta und Raffael aus meinem Bewusstsein und hinterließen eine weiß glühende Leere, die sich sehr angenehm und trotzdem irgendwie bedrückend anfühlte. Konnte ich denn nie zufrieden sein? Nicht einmal als stolzer Baum mit einer im Wind wogenden Krone, der mit seinen zigtausend Blättern bald der Atmosphäre zu mehr Sauerstoff verhelfen und damit eine Lebensgrundlage für viele andere Wesen schaffen würde?

Meine Erfahrungen der letzten Tage, der neue Job und die selbstständigen Aufträge, die Begegnungen und der Streit mit Christoph, der nicht einmal Sinn gemacht hatte – alles war weg. Es war aus mir herausgeflossen, als sei ich ein undichtes Wasserrohr und Silvana war es, die nun zu meinen unbeweglichen Füßen in der Pfütze meiner Themen stand. Zeitlos, raumlos, problemlos: Ich flog, die hauchzarten Schwingen weit vom Rücken abgespreizt und Silberstaub durch die Luft tragend. Ich wurde zu einem Wolf, der mit tropfenden Lefzen und glühenden Augen nach einem Reh blickte, das sich im Dickicht verbarg. Ich wurde zu einem Schmetterling, dessen Flügelstaub die Luft zum Tanzen brachte, als ich auf einem Gänseblümchen Platz nahm. Ich wurde zu einer Wolke, einem hauchfeinen Gespinst, das den Regen und damit die Fruchtbarkeit des Landes in sich trug, zu einer Welle auf dem Wasser, die sich leise kräuselte. Ich vergaß, was Raum und Zeit bedeuten sollen. Unter meiner zärtlichen Hand gediehen Pflanzen und Bäume auf eine machtvolle Art, wie ich sie als Mensch niemals hatte spüren dürfen. Ich tanzte, lachte und sang in meiner mir eigenen Welt, die fernab von allem war, was ich kannte. Und erlebte ein Glücksgefühl, welches die Vergnügungen der Menschen zu einer enttäuschenden Banalität werden ließ, deren Verlockungen mich plötzlich kaum noch reizten. Und doch – trotz aller Glückseligkeit, die mich erschaudern ließ – spürte ich auch, dass das, was wir da taten, nicht richtig war, dass es widernatürlich war und sich gegen die Gesetze des Lebens richtete. Das war der Moment, der meinen berauschenden Flug jäh abbremste, als sei ich vor eine Mauer gerast und hätte mir gewaltig den Kopf angeschlagen.

Was Silvana in der kurzen Zeit tat, als wir erneut getauscht hatte, wusste ich nicht, denn ich war so sehr auf meine eigenen Erlebnisse konzentriert, dass ich sie nicht mehr wahrnahm. Aber was ich deutlich spürte – und was mir überhaupt nicht gefiel, war ihre deutliche und eindeutige Weigerung, unseren Tausch rückgängig zu machen. Mit Widerwillen, fast schon, als würde sie sich mit Händen und Füßen dagegenstemmen, rutschte sie zurück in ihren Baum und entfaltete die eigenen Flügel lustlos an dessen Rändern, bevor sie mir ein sehnsüchtiges und zugleich verärgertes: „Komm bald wieder!" zuwarf. Und das war der Moment, in dem ich so eine heftige Gänsehaut bekam, dass mir der Atem stockte und die Beine – nun wieder meine eigenen – zittrig wurden.

Kapitel 8 – Silvana

Ich bat sie. Ich bettelte. Ich flehte sie an.

Schon ihr Gesichtsausdruck verriet mir, dass ihre Begeisterung nicht gerade einer explodierenden Supernova glich, doch sie ließ sich zu meinem Glück wieder und wieder breitschlagen. Mein Vorteil war, dass sie das Geschehen jedenfalls zum Teil immer noch infrage stellte und glaubte, zu träumen. Die Realität erschien ihr so absurd, dass sie ihr kein Daseinsrecht einräumte – und damit befand ich mich automatisch in der stärkeren Position. Zudem war sie emotional angeschlagen. Welches ihrer vielen Probleme – ich hatte sie am Fenster ja alle ausführlich mitbekommen – letztlich den Ausschlag gab, weiß ich nicht, vermutlich waren es alle zusammen, die insgesamt ihre Fähigkeiten, mit ihnen umzugehen, überstiegen. Trotzdem gab es etwas, das sie immer wieder zu mir hinziehen und sie dazu bringen würde, ICH zu werden, während sie mir ihren Körper überließ. Denn sie war zerbrechlich und damit ein perfektes Opfer meiner Manipulation, die ich beherrschte, seit ich die Welt und die Menschen darin so aufmerksam beobachtet hatte.

An einem Tag im Mai, die Blüten segelten bereits in bräunlichen kleinen Fetzen von den Zweigen – erlaubte sie mir ein weiteres Mal, in ihren Körper zu schlüpfen und bei dieser Gelegenheit probierte ich aus, was geschah, wenn ich den Rücktausch verweigerte. Ich ließ sie – ein flirrendes, flimmerndes Summen in der Nachmittagssonne – stehen und lief einfach weg, auf Füßen, die mir nicht gehörten, aber wunderbar für mich funktionierten. Ich rannte zu ihrem Haus, von dem ich mittlerweile jeden Winkel kannte, ließ sie einfach hinter mir zurück, wohl wissend, dass sie meinen Baum nur in Sichtweite verlassen konnte, und bemächtigte mich ihres Lebens in seiner ganzen wunderbaren und schrecklichen Fülle.

Es war leicht. Ich hatte so oft zugeschaut, so viel gesehen und gehört, sogar Gedanken gelesen. Es war sehr einfach, zu Merle Stadler zu werden, nachdem mir ihr Körper gehörte.

Ich versuchte, nach bestem Wissen und Gewissen ihr Leben so zu leben, dass niemandem etwas auffiel; ich wollte sie angemessen ersetzen. Ich erledigte ihre Aufgaben, so gut ich es vermochte, wobei mir in die Hände spielte, dass wir Naturwesen auf sehr rasche, intuitive Weise lernen. Ich versuchte, mich in dieser Welt zurechtzufinden und ihr anzugehören. Eigentlich hatte ich mich auch sofort daran machen wollen, nach meiner Familie zu suchen, doch daraus wurde nichts, weil es mir nicht gelang, Merle und meinen Baum zu vergessen.

Unser Tausch war nicht endgültig, hatte es auch nicht sein können, weil wir uns darüber längst uneins geworden waren. Ein Wesenstausch, der von einer Seite nicht vollkommen gewünscht wird, ist eine zerbrechliche Sache. Ich spürte es, noch bevor ich mich wirklich bequem in ihrem Leben hatte ausbreiten können: Obwohl Merle meinen Apfelbaum als Feengeschöpf bewohnte und mit ihrer Lebenskraft nährte, war er im Sterben begriffen. Sie hatte noch nicht erkannt, dass die silberne Schnur, die sie mit ihrem – meinem – Baum verband, bis zu ihrem eigenen Haus reichte, wenn sie es wollte: Deshalb blieb mir ihr direkter Anblick erspart. Sie tauchte einfach nicht auf, sondern versteckte sich wohl angstvoll und ratlos zwischen den Rindenschichten des Apfelbaums. Aber ich spürte trotzdem, dass mein Baum dabei war, sein Leben auszuhauchen. Es würde dauern, denn so alte Lebewesen starben langsam, doch der Punkt würde kommen, an dem der Verlust der Lebensenergie für meinen Baum unumkehrbar war. Merle, obgleich zart, spitzohrig, goldsilbern schimmernd und von anmutiger Gestalt, konnte diesen Vorgang noch nicht aufhalten. Und wer weiß, ob sie es überhaupt wollte! Vielleicht war ihr einziges Bestreben, zu ihrer gewohnten menschlichen Gestalt zurückzukehren, weil die Wunder der Natur sie überwältigten und einschüchterten. Jedenfalls hatte ich gespürt, dass sie unseren Identitätstausch zunehmend widerwillig umgesetzt hatte, und diese Abneigung würde künftig sicher nicht kleiner werden.

Mein Baum, den ich trotz allem noch liebte und dem ich mich verbunden, für den ich mich verantwortlich fühlte, war in Gefahr, weil dieses Menschenkind sich nicht voller Überzeugung um ihn kümmerte! Ich musste nach wenigen Tagen zurück, wenn ich nicht wollte, dass mein Baum – und damit ich selbst – zugrunde ging.

Es gab nur eine Möglichkeit, die mir als Naturwesen natürlich bekannt, aber auch ziemlich riskant und leider eher unwahrscheinlich war: Eine einzige Möglichkeit, um mich auf Dauer des Körpers zu bedienen, den ich unbedingt brauchte, um als Mensch in der Welt sein zu können – Es brauchte eines menschlichen Übergangsrituals zwischen Leben und Tod, um den Wechsel auch gegen den Willen einer Beteiligten in Stein meißeln zu können.

Frustriert kehrte ich schließlich doch zu meinem Baum zurück, eine Idee ersinnend, wie mir dieses Ritual wohl gelingen mochte, wenn mir der Zufall nicht zu Hilfe kam. Enttäuscht und verärgert nahm ich wieder den Platz ein, den die Natur mir eigentlich zuerkannt hatte und spürte sogleich, wie mein Baum bei meinem Erscheinen aufseufzte und die Zweige knacken ließ. Merle trat ich damit im hohen Bogen aus ihrer rosafarbenen Zuckerwattewelt, aber sie schien darüber bestürzend glücklich zu sein: Sie zog ihre Schuhe aus und betrachtete ihre nackten Füße, auf denen ich in den letzten Tagen durch die Gegend gelaufen war. Sie rieb sich mit den Fingerspitzen über das Gesicht, als hätte sie es noch nie zuvor gefühlt. Sie legte den Kopf in den Nacken und spitzte die Lippen, als wolle sie das Sonnenlicht küssen. Und dann ging sie weg, ohne sich umzublicken. Für sie mussten sich die vergangenen Tage nur wie ein Wimpernschlag angefühlt haben.

Für den Moment war meine Schlacht verloren. Aber ich kannte die Geheimnisse des Lebens besser als jeder andere und ich war mir sicher, dass meine Stunde bald folgen würde. Es galt lediglich, einen alten Ritus zur exakt richtigen Zeit umzusetzen und das entsprechend notwendige Opfer zu bringen, und dann würde Merle sich gegen ihren endgültigen Einzug in meinen Baum nicht mehr zu Wehr setzen können. Dann würde es *ihr* Bewusstsein sein, das starb, wenn sie versuchte, ihn zu verlassen! Und *ich* würde endgültig und langfristig zu einem Menschen werden, als sei ich als ein solcher geboren worden!

Ich konnte Merle zwingen, meinen Platz einzunehmen und sich für die nächsten paar Hundert Jahre – sogar für den Rest unser aller Leben – um meinen Baum zu kümmern. Ich konnte ihr das eigene Leben stehlen, das ich viel besser zu nutzen wüsste, als sie es tat, schließlich hatte ich eine Mission zu erfüllen, während sie nur über Kleinigkeiten jammerte und die Kostbarkeiten, die ihr geschenkt worden waren, nicht schätzte.

Ich hatte eine Chance, aber mir blieb nicht mehr viel Gelegenheit, um sie umzusetzen.

Kapitel 9 - Karsta

Das Mädchen war sensibel und klug. Ich mochte sie und ihre Anwesenheit hatte trotz der traurigen Nachdenklichkeit, die manchmal ihr Gesicht überzog, etwas Reizvolles und Angenehmes an sich, das meine Laune verbesserte und mich sogar zuweilen die Schmerzen in Rücken, Knien und Hüften, die mich viel zu häufig plagten, vergessen ließ. Zudem bereitete es mir Freude, sie gemeinsam mit Raffael zu sehen: wenn sie zusammen an einem besonders üppigen Blumengesteck arbeiteten und sich ganz selbstversunken wie zwei Verschwörer über die farbliche Gestaltung eines Buketts verständigten. Wenn sie beim Spazierengehen nebeneinander her liefen und sich doch nicht an den Händen fassten, obwohl beiden anzusehen war, dass sie es gern täten. Wenn sie beim Essen miteinander lachten und sich über Themen austauschten, die Hetty und mir überhaupt nichts sagten.

Sie taten einander gut und doch niemals diesen bedeutenden Schritt, den es brauchte, um aus zwei vertrauten Bekannten echte Freunde oder sogar noch mehr werden zu lassen. Diese zarte Barriere schien keiner einreißen zu wollen. Ob aus Angst oder Scheu oder falsch verstandener Rücksichtnahme – Ich wusste es nicht. Für mich waren sie wie füreinander gemacht und es fiel mir schwer, mich nicht in diese Geschichte selbst hineinzuhängen und das Ganze wie so eine aufdringliche Kupplerin zu beschleunigen.

Merle war nicht nur einfühlsam und schlau, sie war auch höchst interessiert an meiner täglichen Arbeit, was eine neue und sehr angenehme Erfahrung für mich war. Stundenlang fragte sie mir Löcher in den Bauch über die Wirkung dieses oder jenes Kräutleins oder darüber, mit welchem Verfahren man eine bestimmte Substanz extrahierte, konservierte, verarbeitete. Sie schrieb sich Notizen in ein zerfleddertes Buch: *Kaltwasserauszug aus schleimigen Pflanzen zubereiten … Farnkrauttinktur gegen Rheuma herstellen … Kapuzinerkresseessenz gegen Grippe und Erkältungskrankheiten … Huflattichsirup gegen Husten, auch für Kinder geeignet.* Ich sah ihr oft über die Schulter und staunte über ihr Interesse, ihre Wissbegier, ihren Fleiß. Gleichzeitig zu den Lektionen, die sie wie nebenbei erhielt, weil sie einfach anwesend war, wenn ich tätig wurde, erhielt sie durch ihren Job in Raffaels

Geschäft auch reichlich Informationen über Pflanzen und Blumen, wie und wann sie wuchsen, welche Merkmale sie hatten, wie man sie versorgte und zu einer beeindruckenden Blüte führte. Mehr als einmal hatte mir Raffael unter dem Siegel der Verschwiegenheit anvertraut, wie zart und liebevoll ihre Hände beim Binden eines Sträußchens agierten und wie konzentriert ihr Blick dabei war. Sie war talentiert und hatte das Herz am rechten Fleck. Niemals nannte sie mich *Garstica* und nie verlor sie ein böses oder genervtes Wort, selbst wenn sie, wie es manchmal der Fall war, ein bisschen traurig, missgelaunt oder furchtsam wirkte. Hetty, die sich von Natur aus weniger spröde gab, als meine Persönlichkeit es mir ermöglichte, kam gar in den Genuss eindeutiger Zuneigungsbekundungen: Für ein besonders gelungenes Essen oder einen köstlichen Kuchen erhielt sie eine herzliche Umarmung oder warme Dankesworte, was ihre Neigung, uns zu verwöhnen, weiter entfachte. Ich war nicht eifersüchtig. Im Gegenteil, ich freute mich für uns beide: Ins einst eher trostlose Haus der alten Jungfern zogen Leben, Leichtigkeit und ein frischer Geist ein.

Ich hatte mir angewöhnt, in ihrem Beisein – den Hintern auf der Küchenarbeitsplatte, die Beine baumelnd, das Notizbuch auf dem Schoß und die Stirn in angestrengte Falten gelegt – zu kommentieren und zu erklären, was ich tat und warum. Heute erntete ich Weißdorn, dessen Elixier den Blutdruck zu regulieren vermag. Ich war dabei, den abgeseihten Sud in dunkle Flaschen zu füllen, und musste trotz des Trichters aufpassen, nichts zu verschütten.

„Ich habe getrocknete Weißdornrinde – es mussten junge Zweige sein, maximal kleinfingerdick – im Verhältnis 1:1 mit frischem Quellwasser übergossen und drei Tage ziehen lassen", erklärte ich. „Schreib es auf: 100 Gramm zerkleinerte Rinde zu 100 Millilitern Wasser. Dann mit 400 Millilitern Alkohol übergießen, 96 %. Das bekommst du in der Apotheke. Drei Wochen stehen lassen, dann durch ein sauberes Baumwolltuch pressen und abfüllen. Nach einem halben Jahr Nachreifezeit kannst du es tropfenweise verabreichen, gegen Herzstolpern und Schlafstörungen."

Sie hörte mir nicht zu. Sie schrieb auch nicht mit. Dabei hatte ich diese Lektion für heute extra ausgewählt, weil sie selbst wirkte, als sei sie etwas neben der Spur: Dunkle Schatten unter ihren Augen verrieten, dass ihre Nächte alles andere als erholsam waren. Und die Falten um ihre Mundwinkel herum, die sie in ihren jungen Jahren noch gar nicht hätte haben dürfen, hatten sich tiefer in die Haut gegraben. So kam es mir jedenfalls vor.

„Du kannst eins der Fläschchen mitnehmen und heute Abend nehmen, du läufst sonst ja bald herum wie einer von diesen Zombies aus der beliebten Fernsehserie", sagte ich deshalb und klebte die von ihr gestalteten Etiketten auf die Flaschen. Es waren sehr schöne Aufkleber in satten Rot- und Lilatönen, mit einem kühnen, modernen Schriftzug, der gewiss Leute im Supermarkt dazu bringen würde, sich die Heilkunst der alten Karsta einmal näher anzusehen und das ein oder andere Extrakt selbst auszuprobieren.

„Karsta, kann ich dich mal etwas fragen?" Sie wirkte abwesend und nachdenklich.

„Du fragst mich jeden Tag alle möglichen Dinge", lachte ich, aber der Scherz verfing nicht.

„Gibt es deiner Meinung nach so etwas wie … Naturwesen? Also, nicht nur in der Fantasie, sondern in der Realität?"

Ich überlegte. Natürlich gab es Elementarwesen, daran war für eine heilkundige Frau wie mich, die sich der Kräfte der Natur bediente und damit Gutes tat, überhaupt kein Zweifel. Ich berichtete ihr von den Feuerwesen, den Salamandern, Amphibien und Lurchen, die der Sonne zugeordnet waren und für Energie sorgten. Von den in Höhlen und Bergen lebenden Erdwesen, die man Zwerge, Gnomen, Kobolde oder Trolle und Riesen nannte und die als kenntnisreiche Schmiede und Handwerker ihre Macht und ihr Können mehrten, indem sie im Leben aller Wesen auf der Erde für Beständigkeit, Ruhe und Festigkeit sorgten. Von den Wassermenschen, Nymphen, Undinen, lieblichen Gestalten, die in Kunst und Kultur viel Aufmerksamkeit bekommen hatten, weil sie nicht nur alle Gewässer dieser Erde bevölkerten, sondern ihnen auch eine enge Beziehung zur Fruchtbarkeit nachgesagt wurde. Und von den Luftwesen, den schwer greifbaren Sylphen, jenen feinstofflichen Wesen, die menschenähnlich und beiderlei Geschlechts waren und im Himmel und in den Wolken lebten, um die Luft zu reinigen, für Leichtigkeit und Flexibilität zu sorgen, die Winde zu beherrschen und die Lebenskraft zum Fließen zu bringen.

Merle hörte aufmerksam zu, doch bei keiner meiner Ausführungen glitt jener Ausdruck des Erkennens über ihr Gesicht, das sie sich vermutlich erhofft hatte.

„Gibt es noch andere Wesen, die in der Natur leben?", fragte sie. „Feen? Oder Elfen?"

„Feen und Elfen sind nicht das Gleiche, Merle. Es sind völlig unterschiedliche Wesen mit einer völlig unterschiedlichen kulturellen Bedeutung und historischen Entwicklung. Was weißt du über Feen?"

„Ich kenne sie aus den Märchen der Brüder Grimm oder etwa von Charles Perrault. Sie tun Gutes, aber es gibt auch Böse unter ihnen, die rachsüchtig sind, etwa bei Dornröschen, wo die nicht eingeladene und deshalb beleidigte Fee das Mädchen zum Tode verflucht. Das Märchen zeigt auch, dass der Wunsch einer Fee – ob Fluch oder Segen – nicht aufgehoben, sondern höchstens abgemildert werden kann. Zu einem sehr langen Schlaf statt des Todes."

„Das sind Geschichten, die man sich seit vielen Generationen erzählt", sagte ich sanft und gab getrocknete Weißdornbeeren in einen Topf mit siedendem Wasser. Ein Tonikum gegen Herzbeschwerden und Bauchweh.

„Es sind Fabelwesen, die mit höheren Kräften ausgestattet sind", ergänzte sie, meinen Weißdornsud vollkommen ignorierend. „Sie sind schön, heiter, glückbringend. Wenn sie tanzen, entstehen Feenringe und sie vermögen das Schicksal eines Menschen zu beeinflussen. Soweit richtig?"

Ich gab Zimtrinde zu meinem Sud und stellte die Flamme herunter. Nun hieß es eine halbe

Stunde lang in der dampfenden Flüssigkeit rühren, eine eigentlich meditative, träge und beruhigende Angelegenheit. Warum lag so viel unausgesprochene Aufregung in der Luft?

„Ja", stimmte ich zu. All das taten und waren Feen, die unsichtbaren Frauen aus der romantischen Märchenwelt, die in Form von edlen, guten Gestalten erhellend und positiv auf die Menschen und die Natur wirkten oder als böse, hässliche Geschöpfe Unordnung und Schlimmes verursachten. Denn wie alle Dinge auf der Welt zeichneten auch Feen sich nicht nur durch eine lichte Seite aus – es kam auch bei ihnen drauf an, für welche Partei man sich entschied.

„Aber heißt es nicht, Elementarwesen haben keinen freien Willen und können sich gar nicht für eine Seite entscheiden?", gab Merle zweifelnd zurück.

„Das ist Volksglauben, Aberglauben", sagte ich. Zimtgeruch lag in der Luft, doch er vermochte die subtile Anspannung kaum zu lindern.

„Jedes Geschöpf hat einen Willen und eine gewisse Entscheidungsmacht, einen Gestaltungsspielraum, der dem seiner eigenen Welt entspricht, in der er lebt. Im Grunde symbolisieren auch die Feen den ewigen dualen Kampf zwischen Gut und Böse. Es sind Bilder, Geschichten eben. Es sind keine Wesen, die nachts an dein Fenster klopfen und winken", wiederholte ich.

„Gut, dann ist es keine Fee", schloss Merle und ich verstand nicht. Es wirkte, als spräche sie mit sich selbst.

„Was ist mit Elfen?"

„Eine sehr alte, musikbegabte, hübsche Rasse, viel älter als das Menschenvolk." Ich lächelte. Auch Elfen waren Märchengestalten, die Kindern erzählt wurden, um sie zu erfreuen, zu faszinieren oder zu ängstigen. Unsere Gesellschaft war lange nicht mehr so tief im Bann dieser Wesen gefangen wie noch vor einigen Hundert Jahren, doch für einige wenige Menschen hatte der Glaube die Aufklärung überdauert. Manche hielten sie für real. Ich tat das auch, aber nicht in der Form, die in den Sagen und Geschichten propagiert wurde.

„Im Mittelalter glaubte man, eine Elfe oder ein Elf sei eine Art böser Kobold, ein Dämon oder Geist, der sich nachts auf die Brust setzt und Albträume verursacht. Sozusagen der hässliche Gegenentwurf zu einer Fee. Sie sorgen für Atemnot und Angst, können sogar echten Schaden zufügen, hieß es. Auch unterstellte man ihnen, durch den Mund in den Leib zu kriechen, Blut oder Muttermilch zu saugen oder entbindenden Müttern Wechselbälger unterzuschieben."

Merle zog angeekelt die Nase kraus.

„Sie kriechen durch den Mund in den Leib?"

„Na ja", milderte ich die Horrorvorstellung etwas ab, „das glaubte man, weil man Krankheiten und Ängste fürchtete, sich sie aber nicht erklären konnte. Mir ist kein verbürgter Fall bekannt, in dem wirklich jemand an einer Elfe erstickt ist."

„Ich dachte, Elfen wären hübsch und anmutig, lachende, tanzende Gestalten, die einander an den Händen fassen und miteinander feiern."

„Ja, diese naive Vorstellung kam später auch auf."

Ich deckte meinen Topf ab und begann damit, einen Haufen Ringelblumenblüten zu sortieren.

„Nach dieser Vorstellung sind es harmlose, zarte Gestalten, die der Natur dienen, die Kreativität fördern, in klaren Gewässern baden, Blumen und Musik lieben. Sie geben Kraft, Inspiration, Trost und Hoffnung."

„Aber auch das ist nur eine Legende. Romantisierende Ideen von Leuten, die Unterstützung aus der magischen Welt nötig haben, weil sie ein bisschen Zauber und Glanz ins Leben bringen. "

„Also auch nichts Handfestes!"

Missmutig sprang Merle von der Arbeitsplatte und begann, ihrer Nervosität Ausdruck zu verleihen, indem sie durch die Küche lief, vom Tisch zum Spülbecken, vom Fenster zum Kühlschrank, vom Herd zur Verandatür.

„Warum willst du das denn alles überhaupt so genau wissen?", fragte ich und hielt sie an der Schulter fest, um das Herumlaufen zu stoppen. Es brachte mich selbst aus dem Gleichgewicht. Merle blickte mich an und ich konnte sehen, dass sie mit sich rang, ob sie mir von dem, was sie bedrückte, erzählen sollte. Aber sie entschied sich dagegen. Um mich außen vor zu lassen? Um mich zu schützen? Oder weil sie mir nicht restlos vertraute? Ich wusste es nicht. Jedenfalls hätte sie mir alles erzählen können, denn ich war der letzte Mensch, der irgendeine Annahme oder ein Erlebnis als unglaubwürdig oder lächerlich bezeichnet und infrage gestellt hätte.

„Was sind Elementarwesen überhaupt?", bohrte sie stattdessen weiter und entwand sich meinem Griff, um weiter über das Linoleum zu streifen. Ich musste tief in der alten Wissenskiste wühlen, um ein paar Informationen parat zu haben. Dieses Wissen war alt und wurde pflichtschuldig und würdig gelagert, aber kaum je angezapft. Wann hatte ich das letzte Mal über Wesen dieser Art gesprochen oder auch nur an sie gedacht? Meine eigenen Erfahrungen Revue passieren lassen oder sogar mit einem Menschen geteilt?

Es musste Jahrzehnte her sein! Genaugenommen, fiel mir auf, hatte ich meine eigenen Erlebnisse mit übersinnlichen Wesen der guten oder schlechten Art noch nie mit jemandem geteilt. So etwas hatte keinen Platz in unserer Welt. Die Heilkunde durch Kräuter und Naturextrakte, vielleicht noch durch Räuchern oder Edelsteine, das war, wenn auch noch nicht ganz und gar akzeptiert, doch zumindest nicht mehr ganz absurd, aber das tatsächliche Vorhandensein anderer Wesen als Menschen, Tiere und Pflanzen wurde doch nach wie vor von der vernunftbegabten Menschheit ausgesprochen infrage gestellt. Traurig eigentlich, wie sehr sie sich damit selbst beschnitt, was die Menschen dadurch aufgaben und verpassten.

Hatte Merle jüngst ihre ganz eigenen Erfahrungen mit einer Wesenheit gemacht, die ihren Verstand überstieg? Es wäre nicht ungewöhnlich gewesen: Sie befand sich an Übergängen in ihrem Leben und in solch fragilen Phasen wurden die Schleier zwischen den Welten dünner. Es gab Kraftorte hier in der Umgebung, deren Anziehung ich selbst auch immer wieder spürte. Und sie befand sich in einer gänzlich neuen Umgebung, begleitet nur von ihr bislang fremden Menschen, die das Vertraute schmerzlich vermissen ließen. Beste Voraussetzungen für ein Wesen aus anderen Sphären, bei ihr anzudocken und ihre Unsicherheit zu seinem Vorteil zu nutzen. Denn ganz gleich, was der Volksglauben meinte – nicht alle Kräfte in der Natur waren den Menschen wohlgesonnen. Einige hatten schwarze Schatten im Gepäck und verfolgten ganz eigene Ziele. Es war schwer, die Schlechten von den Guten zu unterscheiden und ihre Macht in Schach zu halten. Merle sah aus, als befürchte sie genau diese Wahrheit und wollte sie doch unbedingt auch wissen. Ich entschied mich, ihr mehr zu erzählen, aber nicht alles, was ich wusste.

„Elementarwesen sind Geschöpfe der verschiedensten Art, die der Astralwelt entstammen, also jener Welt, die über der unseren, sichtbaren und greifbaren liegt", erklärte ich und schob einen Stuhl zurück, um sie zum Hinsetzen aufzufordern. Sie tat es, doch ihr Rücken blieb durchgedrückt, als sei sie auf dem Sprung. Sie knetete ihre Finger und kratzte in den Rillen auf der Tischdecke. Ich nahm den Topf vom Herd und ließ die Ringelblumen auf dem Brettchen liegen, um mich neben sie zu setzen.

„Sie verkörpern die Elemente der Natur und steuern sie auch, sie befinden sich also in allem, was belebt ist. Auch steuern sie die Elemente und sorgen für den stofflichen Austausch von Lebewesen. Ohne sie wären Wachstum, Entwicklung und Wandlung nicht möglich."

„Das klingt ja erst mal ganz gut", sagte Merle. Ja, das tat es. Ich nickte. Ihre vage Furcht erschien mir unverständlich, solange sie mir nicht erklärte, was dahintersteckte.

„Sie wirken auch in uns selbst, indem sie den Prozessen beiwohnen, die uns am Leben erhalten: Atmen, Essen, die Körpertemperatur. Aber du musst dir das nicht so stofflich vorstellen, da sitzt kein kleines Wesen in deiner Lunge, das die Lungenbläschen zum Sauerstoffaustausch animiert. Es geschieht mehr auf einer nicht fassbaren Ebene. Elementarwesen sind unsere direkte Bindung und Verbindung zur Natur, wir sind von ihnen umgeben und sie durchdringen uns selbst und unsere Umwelt. Sie helfen uns dabei, unsere Leben zu gestalten und uns darin zu bewähren: Die Wasserwesen sorgen nicht nur für Wasseraufnahme und -austausch, sondern auch für Hingabe und Kreativität. Die Luftwesen lassen uns atmen und fördern die Offenheit, Weite und Leichtigkeit in unseren Seelen. Die Umwandlungsprozesse der Feuerwesen sind manchmal heftig und schwierig, aber sie stärken auch das Durchsetzungsvermögen und die Begeisterung, ohne sie würden wir kaum genug Energie verspüren, uns morgens überhaupt aus dem Bett zu bewegen. Und die Erdwesen verankern uns in der Welt und verhelfen zu Gemütlichkeit, Ausdauer und Beständigkeit. Elementarwesen sind immer dazu da, uns zu schützen und zu helfen, wo immer sie können, Merle. Man braucht sie nicht zu fürchten. Manchmal haben sie Lektionen im Gepäck, vor denen man sich lieber drücken würde und sorgen dann auf eine nachdrückliche Art dafür, dass wir uns damit auseinandersetzen, aber sie schaden uns nicht, sondern sie haben im Grunde immer unser Wohl im Sinn. Und das der Natur, von der wir ein Teil sind, auch, wenn wir das zunehmend vergessen."

Ich legte meine Hand auf ihre, die eiskalt war. Meine war nicht viel wärmer. Um sie zu beruhigen, sprach ich etwas aus, das nicht die Wahrheit war.

„Sie sind nicht physisch", bekräftigte ich. „Sie sind imaginativ, seelisch, geistig. Keine Bedrohung." Es war eine Lüge.

Merle nickte. Dachte eine Weile nach. Dann blickte sie mir wieder in die Augen.

„Was ist mit Wesen, die in Bäumen leben", fragte sie schließlich. „Was sind das für welche und wie weit reicht ihre Macht?"

„Die gibt es auch. Die griechische Mythologie kennt sie als Dryaden. Baumnymphen."

Ich stand wieder auf und widmete mich erneut meinen Ringelblumen, die ich zum Trocknen auf Küchenpapier ausbreitete.

„Was weißt du über sie?"

„Es sind schöne, weibliche Baumgeister, die auch in der Literatur und Kunst ihren Platz haben. Man erzählt sich Geschichten über sie, die vielfältig und spannend sind."

„Können sie ihren Baum verlassen?"

„Sie leiden, wenn sie zu lang von ihrem Baum getrennt sind."

„Sind sie unsterblich?"

„Sie sind sehr langlebig, aber nicht unsterblich, nein."

„Was ist ihre Aufgabe?"

„Ihr Lebewesen hüten und schützen. Die Menschen unterstützen, wenn sich die Gelegenheit bietet. Aber auch, sie zu strafen, wenn sie einen Baum verletzen, ohne die darin lebende Nymphe anzurufen. Überhaupt empfiehlt es sich nie, die Natur grundlos oder gar absichtlich zu schädigen."

Ich spürte Merles Blick im Rücken.

„Das tue ich nicht, jedenfalls soweit es mir möglich ist – aber darum geht es auch gar nicht."

Ich drehte mich zu ihr herum und hätte am liebsten erneut ihre Hand ergriffen, so verloren und ratlos saß sie am Tisch.

„Worum geht es denn dann, Merle?"
Ich rechnete damit, dass sie mir eine der üblichen ausweichenden Phrasen an den Kopf warf: *Ich kann es dir nicht sagen ... Ich kann nicht darüber sprechen ... Ich kann es nicht in Worte fassen ... Ich kann mich dir unter keinen Umständen anvertrauen, weil ...*
Aber sie sagte gar nichts. Sie schaute nur suchend in der Küche umher und blieb mit dem Blick an dem Topf mit dem Sud und den Ringelblumen hängen, die, angestrahlt von der durchs Fenster fallenden Frühlingssonne, wie kleine leuchtende Sterne aussahen. Sterne, die sie scheinbar an etwas erinnerten, vielleicht eine andere Art von Blüten, die in ihrem Leben einst eine Rolle gespielt hatten. Sie seufzte.

„Glaubst du daran, dass diese Wesen wirklich existieren, Karsta? Oder hältst du sie für einen Mythos, eine Legende, eine Geschichte?"

„Ich glaube, dass alle möglichen Naturwesen unter und zwischen uns leben, aber es wird eher selten vorkommen, dass sie sich direkt mit unserer Welt vermischen", sagte ich und fühlte sofort erneut, dass das eine Lüge war. Ich log, weil ich mich nicht erinnern wollte. *Bloß keine Pferde scheu machen! Die Kontrolle behalten. Die Dinge mit Verstand, Scharfsinn und Maß betrachten, sich nicht von dem Übersinnlichen und Unkontrollierbaren beherrschen lassen!* Was ich damals erlebt hatte, war so lang her, dass ich von seiner Existenz gar nicht mehr wirklich überzeugt war, vielleicht war es die Einbildung eines Kindes mit zu viel überschäumender Fantasie gewesen? Keinesfalls durfte ich Merle davon erzählen, wenn ich es schaffen wollte, sie zu beruhigen! Es galt, die Dinge herunter zu kühlen und nicht, sie noch zusätzlich zu befeuern! Ich durfte sie nicht wissen lassen, dass es durchaus diese Geschichten gab – Gerüchte … Mythen … Sagen …, die sich die Menschen seit Jahrtausenden wispernd erzählten, von denen unklar war, wie viel ihres Kerns der Wahrheit entsprach und wie viel der Imagination entsprang. Weitergegeben von Generation zu Generation, immer ehrfurchtsvoll und flüsternd … Es gab sie, aber für uns und das Hier und Heute waren sie nicht relevant. Um uns herum existierte nichts, was uns Angst bereiten musste! Fast glaubte ich selbst daran.

„Und diese Geschöpfe können uns wirklich kein Leid zufügen, glaubst du?"

Hatte Merle meine Gedanken erahnen können? Wie auch immer – und was auch immer sie gerade beschäftigte – es war nicht an der Zeit, tiefer ins Thema einzusteigen und völlig unnötige Panik zu verbreiten. Das, was damals passiert war, war eine absolute Ausnahme gewesen, wie sie nur einmal in Äonen geschah! Es würde sich nicht wiederholen, dessen war ich mir sicher!

„Warum sollten sie?", fragte ich zurück und meine Stimme klang sicherer, als ich mich tatsächlich fühlte. „Ihre Aufgabe ist es, für Wachstum, Leben und Gleichgewicht auf allen Ebenen zu sorgen, das Leben an sich aufrechtzuerhalten."

„Und wenn sie eigene Ziele verfolgen? Egoistische? Ziele, die keiner höheren Macht dienen, sondern etwas Eigenes verwirklichen sollen?"

Ich wusste keine Antwort. Es gab eine Antwort auf all diese Fragen, aber sie hätte Merle nicht gefallen. Und mir auch nicht! Nun kam sie aber doch der Wahrheit dessen, was ich damals als Zeugin miterlebt hatte, bedrohlich nah, denn sie stellte die Frage, die mir den Atem stocken ließ:

„Denkst du, solche Wesen könnten sich mithilfe irgendeiner besonderen Macht eines menschlichen Körpers ermächtigen?"

„Du meinst, so wie ein Dämon oder Geist?" Ich spielte auf Zeit, obwohl ich wusste, was sie meinte.

„Ja. Einen Körpertausch, wie in Science-Fiction-Filmen."

„Da sind wir im Bereich der Esoterik und der ist ein weites Feld, Merle." Ausreden, alles Ausreden! *Wie billig und einfach möchtest du dieses aufmerksame, kluge Mädchen abspeisen, Karsta?* Noch ein weiteres Wort in diese zweifelnde Richtung und sie würde sich mir überhaupt nicht mehr anvertrauen! War es vielleicht genau das, was ich wollte? Wollte ich sie davon abhalten, sich mir anzuvertrauen, weil das Thema in mir selbst Unbehagen und Furcht hervorrief? Und war ich auch noch so feige, mir einzureden, ich würde mich für ihr Problem ernsthaft interessieren, während doch alles an meinen Worten, Blicken und der Sprache meines Körpers sie dazu aufforderte, endlich zu schweigen?

Mir war unbehaglich, innerlich und, wie ich mir sicher war, auch äußerlich: Beging ich denselben Fehler wie die Menschen, die es damals erwischt hatte, während ich zu einer jungen, schweigenden, erschrockenen Zeugin geworden war, als eins der Naturwesen seine unbeherrschbare Macht unter Beweis gestellt hatte? Jenen Fehler, der allen Katastrophen zu eigen ist, die wir ignorieren, kleinreden oder bewusst missdeuten, weil ihre wahre Gestalt das übersteigt, was wir fassen und ertragen können? War ich gerade dabei, mich eines solchen Frevels schuldig zu machen, indem ich für Merle die Wahrheit ein bisschen ... frisierte?

Ich tat es nur, um sie nicht in Panik zu versetzen, redete ich mir selbst ein. Die besonnene alte Vettel mit zu viel Wissen, dessen Teilen gefährlich werden konnte. Die verschrobene Kräuterfrau, die rein nach den edelsten Motiven trachtete, eine unbedarfte junge Frau zu schützen, vor Kräften, die sie nicht verstand und die sie nie würde beherrschen können. Macht machte trunken und reizte uns zu großen Fehlern. Es war besser, sie gar nicht erst zu berühren, nicht einmal am Rande – und Nichtwissen konnte ein Segen sein.

Aber Merle wollte keinen Segen, sie wollte Klarheit. Und im Gegensatz zu mir lief sie vor ihr nicht weg, wenn sie sich ohne Maske zu präsentieren versuchte. Sie sah und hörte genau hin.

„Karsta, kann es das nach den Gesetzen der Physik, der Religion, der Naturwissenschaften, der Esoterik, der Was-weiß-ich, kann es das geben, dass Naturwesen sich menschliche Körper aneignen und sie dann nicht wieder hergeben?"

Eine direkte Frage, die eine simple Antwort hätte ermöglichen können. Die Antwort lautete:

Ja. Und die Folgen waren unbeschreiblich, fürchterlich, grauenvoll. Lebensverändernd und weltbildzerstörend! Aber mein Mund war verschlossen, als hätte man ihn zugeklebt und auch mein Blick blieb eine starre Fratze, die nichts verriet und jeden Zweifel gnadenlos vom Tisch wischte.

„Nein", sagte ich, als ich wieder sprechen konnte. Ich war so fest davon überzeugt, dass es sich nicht einmal wie eine Lüge anfühlte. Trotzdem fühlte ich mich nicht gut. Ich war dafür bekannt, geradeheraus und authentisch zu sein, während genau dies viele Leute an mir nicht schätzten, zeichnete es mich doch in den Augen anderer ganz besonders aus. Ich hatte Merle vorher noch nicht belogen und auch sonst niemanden, jedenfalls nicht mit mehr als einer sanften Schönfärberei oder winzigen Schwindelei aus der Not heraus, die niemandem wehgetan hatte. Aber diese Lüge war so gewaltig und bedeutsam wie ein Felsbrocken, der aus dem All gefallen und mit einem riesigen Knall in einem Garten gelandet war. Weder konnte behoben werden, was er bei seinem Absturz zerstört hatte, noch konnte man so tun, als sei er nicht vorhanden. Aber ich revidierte mich nicht.

„Nein, so etwas gibt es nicht."

„Gut." Merle nickte und wirkte keineswegs beruhigter, doch sie löste sich aus ihrer Erstarrung und machte sich daran, eine Topinambur zu reiben.

„Ich brauche gleich ein weithalsiges Gefäß für diesen Aufguss, der gegen Übergewicht helfen wird. Darunter leiden ja erstaunlich viele Leute, findest du nicht?"

Sie hatte vom Thema abgelenkt, als sei es wirklich unbedeutend gewesen, eine Kleinigkeit. Mich hingegen ließ es schwerer los. Ich spürte, dass ich dabei war, eine große Schuld auf mich zu laden, eine, die möglicherweise nicht mehr zu sühnen wäre, wenn ein bestimmter Punkt überschritten war. Was das sein mochte, konnte ich kaum erahnen, aber es musste mit einer Welt zu tun haben, die ein ahnungsloses Menschenkind wie Merle hoffnungslos überforderte. Es war *meine* Aufgabe, als Ältere und vor allem als weise Frau, meine Fähigkeiten in den Dienst ihres Schutzes zu stellen und gerade war ich dabei, hierbei auf ganzer Linie zu versagen. Würde mir meine Unfähigkeit, das Erlebte zu schildern und mein Wissen mit Merle zu teilen, auf die Füße fallen? Oder sogar – Gott bewahre – auf *ihre*?

„Wenn ich nachher einkaufe, bringe ich Kaffeefilter mit, die brauchen wir für die Liköre und sie gehen langsam zur Neige", sagte Merle betont fröhlich. „Ich muss auch Hundefutter besorgen und frisches Brot, sonst sitzen wir bald auf dem Trockenen. Dann müssen wir doch noch die Fische essen, die ich mit Martin geangelt habe."

Dankbar dafür, dass das Thema sich änderte, ging ich sofort darauf ein:

„Ihr habt geangelt und sogar was gefangen?"

„Martin hat was gefangen", sagte sie. „Ich hab nur zugesehen. Aber wir haben uns unterhalten, ein bisschen ausgetauscht. Über nichts Wichtiges oder Heikles, sondern einfach nur so. Es ist ein Anfang."

„Ja", stimmte ich ihr zu. „Diese erste Annäherung ebnet den Weg für ein gemeinsames, vertieftes Miteinander. Das freut mich für dich. Ich finde allerdings, er sieht etwas kränklich aus, was meinst du?"

Sie zuckte mit den Schultern, ein Desinteresse vorspielend, das sie längst nicht mehr hatte. Immerhin war er ihr Vater, er hatte ein Mindestmaß an Offenheit gezeigt, um nach all den Jahren der Funkstille nun darauf hoffen zu können, irgendeine Art von Bindung aufbauen zu können. Die alten Verletzungen mochten tief sitzen, doch dem Wunsch nach einer gemeinsamen Zukunft, nach

Anerkennung und Gesehenwerden, nach Austausch auf Gedanken- und Gefühlsebene konnten sie nicht den Garaus machen. Es waren Krümel eines Kuchens, den Merle vielleicht nie in seiner Ganzheit und Fülle würde kosten dürfen und doch würde sie sich immer nach dem Geschmack seiner winzig kleinen Stückchen sehnen, mit der ihre Geduld wieder und wieder auf die Probe gestellt wurde.

„Er könnte es mit Kräutlein versuchen, die das Immunsystem stärken", schlug ich vor. „Ingwer, Brennnessel, Sanddorn, Sonnenhut, Engelwurz. Verrät er dir denn gar nicht, was ihm fehlt?"

Sie schüttelte den Kopf.

„Er sagt, er sei kerngesund und unterstellt all jenen, die das in Frage stellen, sie seien nicht ganz dicht."

„Typisch, Martin Bock", sagte ich. Der Mann war ein sturer Esel ohne Manieren und ohne jedes Entwicklungspotenzial. Es tat mir in der Seele weh, wie groß seine Möglichkeiten waren, seine Tochter zu verletzen, wenn er es darauf anlegte. (Aber hast du nicht das Gleiche getan, gerade eben?, schalt ich mich selbst im Stillen. Ihr wehgetan, indem du für sie entschieden hast, welche Wahrheit noch verträglich ist und welche nicht mehr? Und sie damit womöglich sogar in Gefahr gebracht?) Ich schob die ärgerlichen Gedanken zur Seite.

„Süßholz und Schafgarbe eignen sich auch", fügte ich hinzu. „Und Lindenblüten. Es wird schon nichts Ernstes sein, er kommt bestimmt wieder auf den Damm."

„Jedenfalls wird er kaum eine naturheilkundliche Behandlung ausprobieren", schloss Merle bekümmert. „Er hält das alles für Humbug."

„Ich weiß."

Meine Arbeit für heute war getan. Die Ringelblumen lagen zum Trocknen auf Holzbrettern bereit, die Raffael mir auf den Dachboden bringen würde, wenn er heute Abend vorbeikam. Der Sud steckte in zugestöpselten und hübsch beklebten Flaschen, die Merle, wenn sie einkaufen und mit Mandy Gassi ging, mitnehmen würde. Die übrigen Projekte durften nun in Ruhe lagern, bevor ich sie fortsetzte. Warum hatte ich das quälende Gefühl, etwas sehr Wichtiges vergessen oder übersehen zu haben?

„Ich geh jetzt los", sagte Merle und räumte die Flaschen in den Korb. „Ich komme später wieder. Raffael und ich wollen zusammen ein paar Marketingmaßnahmen für den Blumenladen durchsprechen, ich hätte da ein paar Ideen."

„Sehr schön." Darum bemüht, sie das Zittern meiner Stimme nicht erkennen zu lassen, räusperte ich mich. „Ihr könnt das doch auch hier machen, derweil bereitet Hetty ein Essen für uns alle vor. Raffaels Junggesellenbude ist nicht gerade ein Ort, der Inspiration und Kreativität fördert." Bei diesen Begriffen musste ich an die Wesen denken, über die wir gesprochen hatten. Unfassbar schön und unvorstellbar gefährlich. Ich schüttelte den Kopf.

„Und das winzige Büro des Blumenladens ist auch nicht sehr einladend", schob ich hinterher, dabei kannte ich das Büro nicht einmal. Ich war zwar öfters im Laden, um frische Ware aus meinem Garten zu bringen, hatte mich aber nie in die heiligen Hallen der Verwaltung begeben.

„Das Büro ist klein, das stimmt, aber nicht scheußlich", grinste Merle zu mir herüber. „Es ist sehr gemütlich und kuschelig eingerichtet und hat sogar ein bequemes Samtsofa, das einen erschöpften Besucher mit vielen Kissen und einer bunten Patchworkdecke empfängt."

„Ah ja", sagte ich, ebenfalls grinsend. Und dachte an zwei Besucher, zwischen die kein Blatt Papier passt.

Im Gehen drehte Merle sich noch mal zu mir herum. Ich fürchtete eine Sekunde lang, sie würde das unangenehme Thema von eben erneut aufgreifen, doch kaum hatte sie den nächsten Satz gesagt, entkrampfte sich mein wild springendes Herz und wechselte in den Normalmodus zurück. Ich atmete tief durch.

„Apropos Laden, wir sollten überlegen, ob wir für deine Produkte eigene Räumlichkeiten anmieten. Die Sachen sind innerhalb von zwei Stunden im Lebensmittelgeschäft ausverkauft und mehr Standfläche stellt uns der Besitzer leider nicht zur Verfügung. Ich hab mich schon mal umgeschaut und zwei leere Geschäfte im Ort gefunden, die sogar ein Schaufenster haben, das wir nett dekorieren könnten. Wir könnten erst mal nur stundenweise öffnen, das kriege ich wohl noch in meinem Alltag unter. Überleg es dir, wenn du magst. Ob du den Schritt in die echte Selbstständigkeit wagen willst. Ob wir eine Marke aus dir machen. Ob wir uns die Läden einmal unverbindlich angucken und einen Businessplan als Grundlage entwerfen. Ich helfe dir auf jeden Fall gern dabei."

Sprachlos – nun aus anderen Gründen – betrachtete ich ihr hübsches, unauffälliges Gesicht, das beinahe mit dem hellen Holz des Türrahmens verschmolz. Diese Frau brachte ja wirklich ganz neue Entwicklungen in unser aller Leben! Wo war sie hergekommen? Mein erster Impuls war, alles abzulehnen und abzuschmettern, was sie vorschlug – wo gab es das denn, dass die alte Garstica sich erfolgreich auf einem Markt etablierte! Aber das brachte ich bei ihrem begeisterten Blick nicht übers Herz. Sie legte sich so leidenschaftlich ins Zeug, dass es mir nicht gelang, ihr den Wind aus den Segeln zu nehmen, bloß, weil ich Angst vor meiner eigenen Courage bekam! Betont lässig antwortete ich:

„Danke für deine Bemühungen. Ich denke darüber nach." Es klang zu gleichgültig und zu förmlich, weil ich eigentlich eine ganz andere Frage hatte stellen, wollen, die mich insgeheim schon lange quälte, aber keinen geeigneten Adressaten fand: Ich war alt und würde nicht mehr ewig Supermarktregale mit handgemachten Kostbarkeiten bestücken können. Wer würde das tun, wenn ich es nicht mehr konnte oder nicht mehr da war? Wer würde mein Tun fortsetzen? Bis Merle aufgetaucht war, hatte ich mir darüber keine Gedanken gemacht – die Herstellung der Waren war ja nur ein unterhaltsamer und recht sinnvoller Zeitvertreib gewesen, mit dem ich meine langen Tage gefüllt hatte, vor allem in den langen Wintermonaten, in denen im Garten nicht viel zu tun war. Aber nun stellte sich mir immer häufiger die

Frage, was von mir und meinem Wissen eines Tages einmal übrigbleiben würde. Ich kannte die Antwort: Es war Merle mit ihrem fleißig vollgekritzelten Notizbuch und ihren geschickten Fingern! Aber ich wusste nicht, ob sie das überhaupt wollte, und ich hatte Angst davor, sie zu fragen. Erst recht jetzt, wo ich ihr doch eine so fette und dreiste Lüge ins Gesicht geschmettert hatte, von der ich nun nur noch hoffen konnte, sie würde keinen Einfluss auf ihr Leben nehmen, der nicht mehr wiedergutzumachen war. Das hoffte ich wirklich von Herzen. Und mehr als einmal war ich versucht, ihr die Wahrheit verspätet, aber vielleicht doch noch rechtzeitig genug, nachzuliefern. Doch letztlich fehlte mir dazu der Mut. Ich wünschte, ich hätte es getan – aber es wollte mir einfach nicht gelingen. Vielleicht waren es die geheimnisvollen Elementarwesen selbst, die mir die Hände banden und den Mund verschlossen. Vielleicht vermochten sie das, weil ich ihren Machtdemonstrationen einst hilflos beigewohnt hatte und sie womöglich bald erneut erleben würde. Vielleicht war es aber auch nur meine eigene gottverdammte Angst, die keinerlei Rechtfertigung und Substanz besaß und trotzdem so viel Raum in meiner Seele einnahm, dass ich sie nicht zu bezwingen vermochte.

Kapitel 10 – Merle

Wir tauschten viele Male die Körper, obwohl das faktisch nicht möglich ist. Eine solche Wahrheit existiert nach allen Gesetzen, die wir kennen, nicht – und doch war ich ein Teil davon. Wir tauschten immer dann, wenn ich besonders niedergeschlagen und verletzlich war. Wir tauschten, nachdem Raffael, der wohl einen schlechten Tag gehabt hatte und wegen einer ausgebliebenen Lieferung besorgt gewesen war, meine zaghaften und unbeholfenen Flirtversuche übersehen hatte, was mir das Gefühl eingeflüstert hatte, mich zu wichtig zu nehmen und mich lächerlich zu machen. Wir tauschten, als Christoph mich anrief, um mir zu eröffnen, ich solle schleunigst meinen restlichen Krempel abholen, weil seine Kollegin, mit der sich, angeblich ganz unerwartet, eine zarte Beziehung entsponnen hatte – geneigt war, sich in meinem Zuhause breitzumachen und dafür entsprechend Platz brauchte. Wir tauschten, als auch die letzten Aufträge meines ehemaligen Arbeitgebers ausblieben und ich anfing, mir Sorgen über meine berufliche und finanzielle Zukunft zu machen. Wir tauschten, als ich in einem Anflug von Wut meinen Vater mit der Einsamkeit meiner Kindheit konfrontiert hatte, deren Verantwortung er selbstverständlich weit von wies.

Wir tauschten immer dann, wenn die Welt unter mir wankte und mir das Leben, in dem ich mich befand, nicht sehr verlockend erschien. Die echte Welt hielt viele unangenehme Erfahrungen und Emotionen für mich bereit, die zu bewältigen mir immer schwerer fiel. In der Feenwelt hingegen fühlte ich mich niemals bedroht, nutzlos, minderwertig oder allein – sie war der beflügelte Gegenentwurf zu einem übermäßig stressigen Alltag, wie eine nicht enden wollende Meditation, die alle gewünschten Freiheiten zur Verfügung stellte. Sie verschaffte mir Auszeiten und Erholungsphasen vom alltäglichen Wahnsinn, der ständig neue Unannehmlichkeiten mit sich brachte.

Trotzdem blieb mir bewusst, dass dieser Weg der Flucht, den ich nur allzu bereitwillig ging, nicht der richtige war. Mit jedem Ausflug ins Menschsein schien es Silvana unmöglicher zu werden, sich mit der Tatsache auszusöhnen, dass sie auf Dauer keinen menschlichen Leib bewohnen konnte. Sie kam in der Suche – wonach auch immer – die sie antrieb, nicht voran und wurde mutloser und, wie mir schien, auch hemmungsloser und aggressiver.

Wie sie hatte auch ich bald gelernt, wie ich den Baum gefahrlos verlassen konnte, um – freilich in der erlaubten Entfernung – die umliegenden Häuser aufzusuchen, was mein eigenes und das der alten Schwestern einschloss. Bei diesen Gelegenheiten stellte ich fest, dass Silvana ordentlich Unordnung in mein Leben brachte: Sie provozierte unsinnige Streitereien mit Christoph am Telefon, die ich nachher mühevoll wieder bereinigen musste, was mich viel Kraft kostete und oft in Erklärungsnot brachte. Sie war pampig und abweisend zu Raffael, der Mühe hatte, mein launisches Wesen zu begreifen und mich weiterhin liebenswert genug zu finden, um mir einen Job zu geben und seine Freizeit in meiner Gegenwart zu verbringen. Sie vertauschte Substanzen beim Experimentieren neuer Heilprodukte und fand überhaupt wenig Geduld und Freude an dieser Tätigkeit, die sie als lästige Pflicht ansah. Manchmal, wenn sie in meiner Gestalt die Gesellschaft der Menschen aufsuchte, die mich inzwischen recht gut kannten, bedachte Karsta sie mit einem fragenden Blick, als ahnte sie, dass nicht mehr meine

Seele in diesem Körper steckte, sondern ein Wesen, das ihr gänzlich fremd war. Aber gerade Karsta hatte ja behauptet, so etwas wie einen Körpertausch gäbe es nicht, also konnte das nicht sein, oder? Dass es das gab, erlebte ich am eigenen Leib – wenn es nicht gerade eine Psychose oder Schizophrenie war, unter der ich litt. Weil mir die Ausflüge so viel Erleichterung und Freude schenkten, war ich bereit dazu, mein Selbst- und Weltbild zu überdenken und zumindest die Möglichkeit, eine spirituelle Welt neben der unseren nicht mehr vollkommen auszuschließen. Es hätte mir auch nichts genützt: Ich war zeitweise eine Nymphe – oder Elfe, oder Fee oder wie auch immer man diese Geschöpfe nennen wollte. Ich erlebte ihren Körper als meinen eigenen und ihre Lebensrealität um mich herum als mein Umfeld, das tatsächlich von der Leichtigkeit und Fröhlichkeit kündete, die den Astralwesen zugeschrieben wird. Die Schwere der Welt ließ ich dort hinter mir, aber meine eigene blieb mir erhalten: Ich importierte meine Gedanken, Gefühle, Wünsche und Ängste in ihre Welt hinein und wenn wir zurücktauschten, nahm ich sie wieder mit.

Manchmal versuchte ich, mir selbst einzureden, dass alles, was ich erlebte, eine Farce war, ein Spiel, das sich mein Gehirn ausgedacht hatte, um

Erleichterung angesichts einer angespannten Situation zu finden. Aber tief in meinem Inneren konnte ich mich nicht davon überzeugen. Gestern noch eine Frau der Tat und der Vernunft, die über jede übersinnliche Erfahrung nur lachend den Kopf geschüttelt hätte, steckte ich heute mittendrin und kam irgendwie nicht mehr raus, ohne dabei einen wichtigen Körperteil zu gefährden, im schlimmsten Fall meinen Verstand höchstselbst. Ich hätte mir selbst den ganzen Tag lang erzählen können, all das gab es nicht, es war reine Einbildung, es hätte nichts genutzt. Denn ich erlebte ja, was mir widerfuhr, und es hätte wohl wenig Sinn gemacht, es zu negieren statt zu nutzen.

Silvana mit ihrer impulsiven und herrischen Art machte mir manchmal Angst. Nicht, weil sie Dinge so ganz anders machte als ich und sich nur schleppend um meinen Hund kümmerte, wenn sie mal wieder mein Leben übernommen hatte. Sondern weil mich bei ihrem Anblick die bange Frage überkam, was eigentlich passierte, wenn sie irgendwann wirklich meinen Körper bevölkerte wie eine feindliche Armee, die ein Gelände einnahm, das einem anderen Volk gehörte. Sie hatte mir versichert, das könnte gegen meinen Willen nicht geschehen, weder sei es ihre Absicht, noch sei es überhaupt möglich, aber das beruhigte mich nur unzureichend. Ich fühlte, dass es keine gute Idee war, ihren Aussagen zu vertrauen, aber andere Informationen bekam ich nicht. Und ich war zu schwach, um auf diese rauschartigen Momente zu verzichten, die das Dasein als Naturwesen mir ermöglichte. Fee zu sein war wie eine Droge zu konsumieren, von der man weiß, dass sie das Leben zerstört und auf die man doch nicht verzichten kann. Es machte das eigene Dasein spannender, vielschichtiger, sinnvoller, leichter und auf eine unsagbare Art bunter – Ich konnte und wollte einfach nicht darauf verzichten. Aber so erging es schließlich vielen Junkies, nicht wahr? Sie jagten sich das Pulver in die Nase oder die Nadel in die Vene, bis ihr gemarterter Körper sich dem Verfall ergab. Und wenn es so weit war, dann spürten sie es kaum, weil der Rausch das Sterben zu einem Freudenfest werden ließ und den Tod zu einem Freund machte. Wartete auch auf mich am Ende ein Tod, gefangen in einem Apfelbaum, dessen zartweiße Blüten sich inzwischen verabschiedet hatten, um mit kräftigen grünen Blättern einen Sommer einzuläuten, den ich gefangen als ein Astralwesen oder gar nicht mehr erleben würde?

Kapitel 11 – Silvana

Die Menschen waren schon ein komisches Völkchen und es sollte mir kaum je gelingen, ihre Denk- und Verhaltensweisen gänzlich zu entschlüsseln. Zum Glück lernen wir Naturwesen auf eine intuitive und sehr rasche Weise, weil unsere geistige Kapazität viel mehr Ebenen umfasst: Ich brauchte mich nur einmal mit diesem schwarzen Kasten zu verbinden, den die Menschen „Computer" nennen, und innerhalb von Sekundenbruchteilen stand mir das gesamte Wissen zur Verfügung, das sich darin befand. Da die Menschen untereinander weltweit mithilfe dieser Geräte verknüpft sind, gelangte auch weitverzweigtes Wissen in meinen neuen Kopf, das sich allerdings hauptsächlich auf Fakten und Prozesse bezog. Fähigkeiten musste ich mir hingegen – wie jeder andere Mensch auch – im Laufe meines frisch gewonnenen Lebens mühsam erkämpfen und erarbeiten: Ich kannte nun unzählige Rezepte aus aller Herren Länder, die fremdartigsten Lebensmittel und Gewürze und die ungewöhnlichsten Zubereitungsarten, doch machte mich dies nicht automatisch zu einer guten Köchin. Ich hatte Bilder von Operationen am offenen Herzen sofort intus, würde aber trotzdem keinen brauchbaren Chirurgen abgeben. Und ich kannte sämtliche Maler, Komponisten, Schriftsteller und Künstler aller Art, die es jemals auf irgendeine Art in das Licht der Öffentlichkeit geschafft hatten, ohne dadurch auch nur zu einem einzelnen Pinselstrich oder einem Ton aus einem Instrument fähig zu sein. Ich wusste alles, aber ich konnte nichts. Ich blieb eine Fremde in dieser Welt, auch wenn ich nicht so aussah. Ich hatte auch alles, was es zu wissen gab, über die Menschen selbst erfahren, und trotzdem half mir das nicht dabei, sie zu verstehen.

Sie, die Menschen, führen fremdbestimmte Leben in Hektik und Stress, die sie mit einer Menge Arbeit verbringen, die niemand braucht und die niemandem nützt. Aus ihren Mündern kommen Lügen und Heucheleien, wenn sie sie öffnen. Sie klopfen sich selbst auf die Schulter, um sich für irgendeine Tätigkeit oder ein Ereignis überschwänglich zu loben, selbst, wenn sie nichts dazu beigetragen haben. Sie verbringen ewige Zeiten in Konferenzen, die zu nichts führen und kommen sich dabei wichtig vor. Ihre Freizeit verschwenden sie nicht weniger gestresst als die Arbeitszeit und dann zeigen sie der ganzen Welt in sozialen Netzwerken, was sie gegessen und getan haben, wo sie sich aufhielten, während sie sich eigentlich hätten erholen sollen, welche tollen Menschen sie getroffen und welch spektakuläre Orte sie besucht haben. Sie bedienen sich der Welt, doch sie sehen sie in Wirklichkeit gar nicht! Sie schuften und ackern, bis sie umfallen und dann stopfen sie sich mit dem verdienten Geld ihre Wohnungen mit Krempel und ihre Tage mit oberflächlichen Vergnügungen und Unterhaltung voll. Überhaupt, das Geld, noch so eine schräge Erfindung: Wertloses Papier, dem alle hinterherhecheln, weil es eine subtile Art von Sicherheit und Hoffnung verspricht, die niemand konkret beschreiben kann!

Sie behaupten, sie lieben die Tiere, bezahlen horrende Rechnungen an den Tierarzt, wenn ihr Hund Zahnstein hat oder füttern die Meisen im Garten, denken aber nicht eine Sekunde lang über die erlittenen Qualen des Huhns oder Schweins auf ihrem Teller nach, dessen Leidensgeschichte in einem Massenstall vom Tag seiner Geburt bis zu seinem unwürdigen Ende dauerte. Sie behaupten, sie schützen die Natur, doch sie holzen Regenwälder ab, stellen ihre Mobilität mit Autos,

Flugzeugen und anderen unnützen Vehikeln über jedes Interesse der Gemeinschaft und der ganzen Welt. Sie sind egoistisch, gierig und aggressiv. Sie lügen, betrügen, tun ihresgleichen absichtlich oder versehentlich oder einfach nur aus Gleichgültigkeit schreckliche Dinge an. Sie vergreifen sich in einer maßlosen Art an allen Ressourcen, die die Erde ihnen zur Verfügung stellt, und zollen ihr weder Dank, noch geben sie ihr etwas zurück.

Und dann ihre Religionen! Über diesen Wahn, in etwas Höherem Sinn zu finden, das ihnen den Tod erträglich macht und den Zweck ihres Daseins erklärt, könnte man ganze Bibliotheken füllen – und hat man auch getan – aber trotzdem bleibt der Einzelne ein verlorenes, suchendes, sehnsüchtiges und angstvolles Subjekt, das weder sich selbst noch seine Umwelt richtig zu deuten vermag. (Und warum huldigen sie unsichtbaren Göttern, stellen aber gleichzeitig die Existenz von uns Naturwesen infrage, die nicht weniger wahrscheinlich ist als ihr Gott?)

Sie verbringen ihre kostbare Zeit damit, sich zu sorgen um Dinge, die meistens nicht eintreffen. Sie sind unfähig, dem Fluss des Lebens in seinen natürlichen Zyklen zu folgen und wollen ihren Tagen um jeden Preis ihren eigenen Rhythmus aufzwingen oder jenen, den man ihnen vorgibt. Sie strampeln und kämpfen, sie flüchten und rennen und kommen niemals irgendwo an. Sie sind getriebener als jedes Beutetier, das sich im Wald im Unterholz versteckt, mit bebenden Flanken und voll atemloser Angst, und halten sich doch für die Krone der Schöpfung, die sich die Erde, die Tiefsee, das All, das Universum und sogar die Schöpfung selbst untertan machen kann.

Dennoch und trotz aller Schwächen, welche die Menschheit in ihrer Unwissenheit und Blindheit besaß, wollte ich einer von ihnen sein! Denn obwohl sie aus an den Haaren herbeigezogenen Gründen Kriege gegeneinander führen, ihre eigene Lebensgrundlage vergiften und einfach nichts aus ihren Fehlern lernen, so gab es doch auch die anderen Momente, jene Momente, in denen ein menschliches Herz wahrhaft aufblüht:

Wenn eine Familie sich zum Abendessen bei einer gemeinsamen, zuvor liebevoll zubereiteten Mahlzeit trifft und einander von den Erlebnissen des Tages berichtet ... Wenn ein Paar, das in Harmonie und gegenseitiger Unterstützung einen Alltag gemeinschaftlich gestaltet und sich des Nachts im Bett gemütlich aneinander kuschelt, um Geborgenheit zu schenken und Geborgenheit zu kriegen … Wenn Leute, die einander in Zuneigung und Verständnis zugetan sind, über wichtige oder banale Themen miteinander sprechen, sich flüsternd Ratschläge geben, sich Trost und Zuversicht spenden … Wenn sie sich an den Händen fassen, für ein Ziel streiten, singen und summen, der Zauber des Daseins sich ihnen für eine Sekunde offenbart … Wenn sie Treue, Mitgefühl, Edelmut und Tapferkeit zeigen … Wenn sie an einem Strand sitzen, die nackten Füße im Sand vergraben und ohne bedrückende Gedanken im Kopf, ganz und gar frei von allem, was sie sonst so beschwert … Jene Augenblicke, in denen das Leben ganz und gar richtig und zur passenden Zeit am passenden Ort zu sein scheint – in diesen Augenblicken wollte auch ich ein Mensch sein und all die menschlichen Erfahrungen machen!

In meiner Gesellschaft gab es all das nicht. Zwar unterstützen sich Bäume und andere Pflanzen gegenseitig beim Wachstum, indem sie über komplizierte unterirdische Geflechte Nährstoffe und Wasser austauschen, doch im Grunde gibt es wenig echte Nähe und kaum eine wirkliche Verbindung. Jeder Baum steht im Wald für sich und lebt ein einsames Dasein. Es kommt sogar vor, dass die großen Exemplare den jüngeren, kleineren das Licht entziehen, um es selbst zu nutzen und damit einen Vorteil im Überlebenskampf zu haben. Immerhin hat man noch niemals erlebt, dass ein Gänseblümchen oder eine Buche jemals ihresgleichen direkt angegriffen hat: An den ungeschriebenen Kodex der Natur, mutwillige Zerstörungen aus Eigennutz oder Langeweile zu unterlassen, halten wir uns! Bei uns geht es tatsächlich um das bloße Überleben, aber niemals auf dem Rücken des gesamten Systems, in dem wir uns befinden. Bei den Menschen ist das anders: Sie sind rabiater und rücksichtsloser in ihrer Existenz und nur wenige von ihnen sind überhaupt dazu in der Lage, die Zusammenhänge des großen Ganzen zu verstehen und damit auch dem Sinn ihres eigenen Lebens ein Stück weit näher zu kommen.

Mit solchen und ähnlichen Überlegungen schlug ich mich herum, als ich ein nächstes Mal Merles Körper bevölkerte, der mir schon viel vertrauter vorkam. Langsam wurde ich zu einer echten, fast natürlichen Merle, die erwartete Verhaltensweisen glaubwürdig an den Tag legte und sich in einem Leben einrichtete, das eigentlich nicht für sie bestimmt war. Ich teilte nicht ihre Zuneigung zu den Menschen um sie herum, doch es gelang mir, diese Zuneigung täuschend echt zu imitieren – jedenfalls meistens. Nur der dunkelhaarige Mann, dessen mehrdeutige Signale sich mir nicht ganz erschlossen, schien irritiert auf meine Reaktionen zu antworten: Wollte er mich berühren und ich zog die Hand weg, warf er mir diesen eigenartigen Blick zu, der alles zu fragen schien und doch eigentlich nichts wissen wollte. Und es fiel mir schwer, die Konzentration bei diesen Kräuterkunde-Lektionen zu bewahren: Viel lieber hätte ich meine Zeit genutzt, um meine Familie zu suchen! (Ich wusste noch nicht, auf welchem Weg, denn alles, was das Internet mir über Polizei- und Ermittlungsarbeit gezeigt hatte, schien wenig hilfreich dabei zu sein. Wie ich schon erkannt hatte, nutzte das beste Wissen nichts, wenn einem kein Weg zur Verfügung stand, es umzusetzen!) Doch stattdessen verbrachte ich die Tage mit zwei alten Damen oder in einem muffigen Blumenladen. Manchmal auch in Gegenwart dieses Vaters, der von Tag zu Tag mehr zu altern schien und nichts als Angeln und sein verlorenes Anwaltsbüro im Kopf hatte.

Es lohnte sich aber, mich an diese Menschen zu halten und dranzubleiben, denn erstens sicherten sie mir mein unerkanntes Ausleben eines fremden Daseins, geschützt von alten Gewohnheiten und einem bereits geebneten Alltag. Und zweitens bekam ich ausgerechnet von Frau Karsta den entscheidenden Hinweis, der mir zum Durchbruch bei meiner Suche verhelfen würde. Es war im Grunde ein solch simpler Vorgang, dass ich mir nachher am liebsten mit der Hand vor die Stirn gehauen hätte, weil ich es selbst nicht gleich erkannt hatte. Sie sagte:

„Merle, ich habe beobachtet, dass du dich häufig bei den Spaziergängen mit Mandy auf dem Hellmers-Gelände herumtreibst." Das stimmte. Ich wollte sehen, was Merle tat, um zu verhindern, dass sie mir Probleme machte. Aber meine Sorge war unbegründet, denn entweder, sie war ganz und gar mit voller Überzeugung mit ihrer Nymphenexistenz verwachsen und genoss sie in vollen Zügen – oder sie hockte gedankenverloren im Baum und grübelte wohl noch immer darüber nach, welche Daseinsform langfristig wohl die richtige für sie sein mochte. Merles Problem war, dass sie sich nicht entscheiden konnte, weder für den Baum und sein Versprechen, ihr ein sorgloses, beflügeltes Sein zu gewähren, noch für ihr eigenes Leben, hinter dem sie nicht mit vollem Herzen stand. Und so lang sie hin und her wankte,

Vor- und Nachteile miteinander verglich und gegeneinander aufwog, so lange entstand ein freier Raum, in dem ich nach Gusto agieren konnte.

„Dieses Gelände ist kein guter Ort für einen Hund und schon gar nicht für eine sensible Frau wie dich", fuhr Karsta fort. Wie ich bereits gedacht hatte: Sie wusste, dass dort etwas im Gang war, was den menschlichen Verstand überstieg und einem womöglich die Kontrolle rauben konnte, wenn man nicht aufpasste. Schlaue alte Hexe!

Ich horchte auf, denn sie verlieh ihrer Warnung mit einer Begründung Nachdruck:

„Es soll dort spuken, wie auch immer man das auslegen möchte. Ob du daran glaubst, oder nicht: Die Familie, die dort einmal gelebt hat, ist nicht umsonst weit weggezogen."

Wie immer werkelte sie in ihren Tiegeln und Töpfchen und es schien ihr unangenehm zu sein, der erwachsenen Merle eine Erziehungsmaßnahme angedeihen lassen zu müssen, doch sie sah es wohl als ihre Pflicht an. Ich sah, wie ihre altersfleckigen, dürren und verkrümmten Finger zitterten, während sie Zitronenscheiben auf Holunderblüten legte und mit Zucker und Heißwasser übergoss. Merle hätte sicher weggehört und den Ratschlag mit einem Lächeln abgetan: *Ach, diese alten Geschichten, wer glaubt denn heutzutage noch an Spuk!* (Es entsprach exakt jener typisch menschlichen Arroganz, Dinge, die sie nicht begreifen konnten, einfach zu zerreden, bis nichts mehr von ihnen übrigblieb.)

Ich aber war ganz Ohr! Was für ein herrlicher Zufall, dass Karsta nicht nur die Sprache von selbst auf dieses Thema brachte, sondern mir sogar auch die Lösung des Problems noch auf dem Silbertablett servierte! Ich fischte eine Zitronenscheibe aus der Schüssel, wobei ich mir die Hand verbrannte, und schob sie mir in den Mund, wobei der Zucker angenehm an meinem Gaumen prickelte. Süß und sauer – ein Bissen nur zum bloßen Vergnügen und nicht zum Lebenserhalt! Menschsein war toll!

„Karsta", begann ich schmeichelnd und mit aller List, die mir zur Verfügung stand. (Ich hatte auch Bücher mit Manipulationstechniken durchforstet und fand es lächerlich leicht, wie schnell die Menschen über ihre eigene Sprache oder so primitive Dinge wie Gestik und Mimik stolperten, wenn man die richtigen Hebel drückte), „Du wohnst doch schon dein Leben lang in diesem Haus und bist nie fortgewesen. Du brauchst mir nicht zu sagen, warum diese Familie einst fortgegangen ist, was du bestimmt miterlebt hast. Ich erkenne ja, dass dir diese Antwort Unbehagen bereitet und das hat gewiss seine Berechtigung. Aber weißt du noch, wie die Familie hieß, die damals dort gewohnt hat? Und wo sie wohl hingegangen sein mag? Du weißt es bestimmt noch! Dein Körper neigt zu Gebrechlichkeit, was in deinem Alter leider nicht ausbleiben kann, aber dein Geist ist so stark wie eh und je und sicher nicht vom Fluch des Vergessens betroffen!"

Karsta überlegte. Ich sah ihre Gedanken, als liefen sie als Schriftzug über ihre Stirn: War es gefährlich, mir Einzelheiten zu verraten? Oder würden mir mehr Erklärungen die Eindringlichkeit ihrer Warnung bewusster machen, sodass ich eher geneigt war, sie ernst zu nehmen? Das Kompliment tat ein Übriges: Menschen tun viel und vieles davon unüberlegt, wenn man sie mit einer Nettigkeit erfreut.

„Sie hießen Petra und Raimund Hellmers", sagte sie, „die Namen der Kinder weiß ich nicht mehr. Stefanie? Jennifer? Der Junge hieß, glaube ich, Jan oder Janek."

Ich schenkte ihr ein Lächeln.

„Klingt nett, die Familie."

„Das war sie auch. Sie hatten Hühner und kamen manchmal rüber, um uns Eier zu bringen. Er arbeitete irgendwo in der Verwaltung und musste jeden Tag in die Stadt fahren. Sie war Hausfrau. Die Kinder waren fröhlich und freundlich, ganz normale, liebe, gut erzogene junge Menschlein, die von der Freiheit des Landlebens profitierten." Karsta war ins Erzählen geraten, ich musste gar nichts mehr tun. Nur noch abwarten und zuhören. Sie schwelgte in Erinnerungen. Und sie berichtete Merle das Folgende, damit Merle Angst bekam und nie wieder den verfallenen Hof betrat. Sie konnte nicht wissen, dass Merle dort längst gefangen war und ich nach nichts mehr gierte, als nach den Informationen, die ihr nun aus dem Mund fielen wie halb gelutschte Bonbons.

„Sie lebten ein paar Jahre in Ruhe und Frieden, aber dann bekam die Frau psychische Probleme ... einen Verfolgungswahn. Sie glaubte, sie werde beobachtet, von irgendeinem magischen Wesen oder so etwas ... Sie sagte, dort seien Geschöpfe, die ihr angst machten. Sie sprach von Geistern und Ausgeburten der Hölle, als es richtig schlimm wurde."

Holla! War die Frau so feinfühlig und hellsichtig gewesen, dass sie meine ständige Anwesenheit tatsächlich hatte spüren können? Aber warum verband mich diese Frau mit einem solch hässlichen Gefühl wie Angst? Ich war doch nur eine

Nymphe, die ihren Baum schützte, nicht im Mindesten bedrohlich! Und alles, was ich gewollt hatte, war, ein Teil dieser Familie zu sein! Ein Teil, der gesehen und wahrgenommen wurde, ein Teil, der anwesend war und all die Dinge tat, die dort eben getan wurden! Entsprach DAS der menschlichen Definition eines Poltergeistes oder Dämons, der Grenzen überschritt? In meiner Gegenwart jedenfalls waren Vorwürfe dieser Art niemals direkt geäußert worden! Aber ich war ja auch nicht immer dabei gewesen: Vielleicht hatte Petra Hellmers sich nur einem Therapeuten in einer fernen Praxis anvertraut? Oder der Hexe Karsta, deren Haus zu besuchen mich damals nie gereizt hatte, als hätte ich schon geahnt, dass sie gefährlich für mich sein konnte?

Wie auch immer, hier war mein erster Anhaltspunkt. Und entscheidend für mich war auch nicht das Schicksal der Petra Hellmers, die mitnichten verrückt war, sondern nur die zweifelhafte Gabe besaß, die Schleier zwischen den Welten durchlässiger werden zu lassen, sondern die Frage, wo sich die Kinder befanden. Stefanie und Jan – jene Kinder, die ich einst geliebt hatte.

„Wo sind die Hellmers denn hingezogen?", fragte ich betont gleichgültig und nahm mir direkt vor, gleich nach Hause zu laufen, um die Familie im Telefonbuch zu suchen. Das Internet zu durchforsten, einen Privatdetektiv zu beauftragen, eine Großfahndung herauszugeben! Nun, da ich ihren Namen kannte, würde ich sie finden! Niemand blieb im Deutschland des einundzwanzigsten Jahrhunderts verborgen, wenn er sich nicht gerade in einem Zeugenschutzprogramm befand!

„Das weiß ich nicht", sagte Karsta. „Niemand im Ort weiß es, sie sind einfach abgehauen und man hat nichts mehr von ihnen gehört. Kein Wunder bei der merkwürdigen Aura, die dieser Hof und der Garten auch heute noch verströmen, obwohl sie so idyllisch zu sein scheinen."

Sie schüttelte den Schauer von ihrem gebeugten Rücken.

„Als nächstes machen wir Klostersalz", sagte sie. „Das eignet sich für viele Anwendungen und entspricht in der Zusammensetzung den Mineralien und Spurenelementen in unserem Blut. Magst du den Kirschschnaps aus der Speisekammer holen?"

Ich reagierte nicht. Ich musste mir schnell eine Ausrede einfallen lassen, um meinen eigenen Aufgaben nachgehen zu können, sie musste ihr blödes Salz leider allein anrühren.

Ich wollte gehen, eine halbherzig hingeworfene Erklärung schon auf den Lippen. Doch ich konnte mich nicht bewegen. Es zog mich mit unsagbarer Kraft aus der Küche und dem Haus hinaus zurück in meinen Baum. Merle, dachte ich wütend, hat sich mal wieder entschieden, doch wieder zu übernehmen und trieb mich genau zum falschen Zeitpunkt wieder zurück in mein altes Leben, während *sie* wohl das dämliche Salz nur zu gern für die alte Frau anmischen würde! Meine Macht genügte nicht, um mich des Vorgangs zu erwehren, er geschah ohne mein Zutun. Aber bald, so hoffte ich, bald würde es kein Zurück mehr geben! Ich wartete auf den Zufall, den ich dafür brauchte, aber es war nur eine Frage der Zeit, bis dieser eintreffen würde! Und dann würde ich garantiert den goldrichtigen Moment erkennen und nutzen, um Merle für immer ihres Körpers und ihres Lebens zu berauben! Ich würde als Mensch unter Menschen leben, als Freund in meiner auserwählten Familie!

Kein Blick und keine Bewegung verrieten mich – der Tausch ging schnell und unbemerkt vonstatten. Ich war nicht mehr dabei, denn ich war zurück in meinem Baum, als Merle zurückkehrte, noch ganz benommen und glückstrunken von ihren übersinnlichen Erfahrungen mit den bunten Farben und vielschichtigen Klängen unter freiem Himmel. Aber ich konnte mir vorstellen, wie sie sich schnell fing und dann pflichtschuldig zu Karsta herumdrehte, um zu fragen: „Soll ich den Sud raus in die Sonne stellen?"

Ich hasste sie dafür.

Kapitel 12 - Karsta

So oft wissen wir nicht, was richtig oder falsch wäre und können nur aus unserem Unwissen heraus unser Bestes geben, wenn wir Dinge tun, Entscheidungen treffen, Menschen in den Himmel oder in die Hölle treiben. Mir erging es da wie jedem anderen Menschen auch: Ich erkannte oft erst im Nachhinein und manchmal nicht einmal dann, wenn ich mit einer Wahl falsch gelegen hatte. Aber dann war das Kind bereits in den Brunnen gefallen und ertrunken. Und kein Bestreben der Welt konnte es wiederbeleben.

Als ich hörte, dass die alte Hedwig Lienhold im Sterben lag – was für eine solch alte und kranke Frau gewiss nicht ungewöhnlich und für uns doch eine Katastrophe war, da war ich beseelt von dem Gedanken, das Ruder noch herumreißen zu können. Mir war längst klar geworden, dass ich Merle gegenüber hätte ehrlich sein müssen, was die Macht, die Möglichkeiten und vor allem die Skrupellosigkeit der Naturwesen anging, denn nur so wäre ihr eine Chance geblieben, sich zu schützen. Ich hatte versucht, meinen Fehler auszubügeln, indem ich ihr von Petra Hellmers erzählte, doch es genügte nicht. Hätte ich noch klarer in meinen Aussagen sein müssen? Noch radikaler in meiner Warnung? Einfach nur – *ehrlich*? Ohne Furcht, man könnte mich dafür belächeln, verachten oder bemitleiden, dass ich an Dinge glaubte, von denen die Wissenschaften keine Ahnung hatten?

Das Gerücht, Hedwig täte just ihre letzten Schnaufer, gelang an mein Ohr – ihr Nachbar, Bernd Sittig, berichtete davon über den Gartenzaun hinweg, als ein Spaziergang ihn in unsere Gegend führte – und ich ließ das Werkzeug, mit dem ich gerade die Beete im Garten vom Unkraut befreite, fallen. Erhob mich ächzend von den schmerzenden, dreckbesudelten Knien und wusste im ersten Moment nicht, ob ich zuerst zu Hedwig eilen sollte, um sie vom Sterben abzuhalten oder zu Merle, um sie vor dem Schlimmsten zu bewahren.

Mir war klar, dass etwas Schlimmes passieren würde, denn ich hatte in den Augen der mir so vertraut gewordenen Frau etwas sehr Fremdes und Eiskaltes gesehen. Es erinnerte mich an jene Nacht, in der in meinem Beisein ein Kind geboren worden war und dessen Geburt ein mythologisches Geschöpf genutzt hatte, um der Mutter dieses Kindes ihr Leben zu stehlen. Diese Mutter war auch meine Mutter gewesen und ich bekam sie nie zurück.

Wie viele weise Frauen wusste auch ich inzwischen, dass Menschen und Naturgeschöpfe zeitweilig ihre Seelen tauschen können, doch nur die gewaltige Lebenskraft, die in Übergangsphasen wie dem Tod oder einer Geburt durch die Welt und die Leiber strömt, reicht aus, um diesen Tausch endgültig werden zu lassen.

Es passierte wieder, die Anzeichen waren unübersehbar! Dieses Wesen würde die Chance des bevorstehenden Sterbens der alten Frau nutzen, um Merle, die aus irgendeinem Grund zufällig auf es gestoßen und in seinen Bann geraten war, aus ihrem eigenen Leben zu vertreiben. Es geschah erneut, was schon einmal unumkehrbar gewesen war – aber diesmal war ich kein hilfloses Kind, das nicht verstand, was es wahrnahm, sondern eine einigermaßen erfahrene, kluge Frau, die dank ihres Wissen um jene geheimnisvollen magischen Rituale Einfluss nehmen konnte.

Da es mir nicht oblag, dem Tode Einhalt zu gebieten, lief ich, so schnell ich konnte zum alten

Bock-Haus. Ich wollte Merle erklären, was da gerade im Gang war, hoffentlich noch rechtzeitig.

Mich empfing eine Merle, die aussah wie immer, mich sogar mit einem Lächeln begrüßte. Doch als sie sich zu Mandy herunterbeugte und ihr durch das Fell streicheln wollte, wich das Tier zurück und versuchte, ihr aus dem Weg zu gehen. Nicht meine Merle, nicht unsere Merle! Der Hund merkte es auch.

Ich trat näher; ich musste herausfinden, ob der Zauber schon irreversibel war. Aber wie stellte man das fest? Was hätte ich Merle fragen können, was mir eindeutig bewies, dass in diesem Körper, der mir gegenüberstand, auch ihr Bewusstsein wohnte? Und falls dies, Gott bewahre, nicht der Fall war – wo war sie dann? Wo sollte ich sie suchen?

Aufregung, Schuldgefühle und Angst legte meine Stimmbänder lahm und ich brachte nur ein Krächzen heraus, das dem der Krähen glich, die sich im Garten über das Saatgut hermachten.

„Du wirkst so außer Atem, Karsta", sagte Merle in Jeans und T-Shirt, mit offenem Flachshaar, augenscheinlich wie immer. „Bist du gerannt? Warum hast du es so eilig?"

„Ich weiß nicht, wer du bist", presste ich zwischen den Zähnen hervor, „aber ich werde das, was du da getan hast oder in Kürze tun wirst, aufhalten! Rückgängig machen, wenn es sein muss! Du nimmst dem Mädchen nicht seine Chance auf ein glückliches Leben!"

Sie lächelte. Oder war es ein Grinsen? Ein Zähnefletschen und Krallenwetzen?

„Überschätz mal deine Macht und deine Fähigkeiten nicht, alte Hexe", sagte sie gelassen. In diesem Moment wusste ich, dass es zu spät war. Hedwig Lienhold war zwei Straßen weiter ihren vielfältigen Erkrankungen und ihrem Alter erlegen und für dieses Wesen – Wer oder was war sie eigentlich? Mir fiel ein, dass Merle ausdrücklich nach Feen oder Elfen gefragt hatte, die in Bäumen lebten – hatte die ausdrückliche Äußerung ihres Willens genügt, um dank dieser gewaltigen, freigesetzten Kraft einen menschlichen Körper auch gegen den Wunsch der ursprünglichen Eigentümerin zu besitzen.

So leicht ging es in der Welt: Du sprichst eine Forderung aus, von der du überzeugt bist. Du setzt die Mittel ein, die du zur Verfügung hast, um sie durchzusetzen. Du gehst über die Bedürfnisse anderer Geschöpfe hinweg, als spielten sie keine Rolle. Und schon hast du den Lauf des Lebens gründlich durcheinandergewürfelt, und zwar ohne Rücksicht auf Verluste und ganz und gar in deinem Sinne. Was für ein Glück, dass nur sehr wenige Menschen von dieser Art der Magie überhaupt wussten! Unsere Tage wären zu einem einzigen Chaos des Tausches und Rücktausches geworden!

„Ich hole Merle zurück, darauf kannst du Gift nehmen", besann ich mich auf meine alte Härte, spürte aber doch deutlich, wie wacklig meine Beine, wie kurzatmig meine Lunge und wie verzweifelt mein Herz waren.

„Merle *wollte* diesen Tausch", sagte das Wesen mit Merles Stimme. „Sonst hätte es nicht funktioniert. Man kann in keinen Leib schlüpfen, der nicht freigegeben oder sogar standhaft verteidigt wird."

„Dann hast du ihre Schwäche, ihre Wankelmütigkeit und ihre Furcht ausgenutzt und sie wusste nicht, was sie da tat", beharrte ich. Ich ließ mich auf dem Sofa nieder, wo Mandy, die um Merle immer noch einen Bogen machte, mir auf den Schoß sprang. Mir wurde klar, dass ich nicht wusste, wo ich die echte Merle hätte suchen sollen. Ohne einen Tipp dieses Geschöpfes konnte ich keinen Kontakt aufnehmen.

Mein Gegenüber kochte Tee und servierte ihn in Tassen, die ihm nicht gehörten. Bei dem

Anblick der bunten Flickendecke neben mir kamen mir beinahe die Tränen.

„Es wäre für alle leichter, wenn du Stillschweigen wahrst und wir einfach lernen, mit der Situation umzugehen, wie sie nun einmal ist", sagte Merle. Sie nahm vom Tee. Die frühere Merle war kein Teefan gewesen, sie zog die belebende Würze des Kaffees vor.

Ich wusste nichts darauf zu antworten.

„Du kannst diese Scharade nicht ewig durchziehen", sagte ich schließlich. „Immerhin kenne ich den Ritus auch und somit sind wir ebenbürtige Gegner. Ich werde Merle dabei helfen, ihren Körper zurückzubekommen."

Nun war ihr Lächeln fast von Mitleid geprägt.

„Dazu brauchst du einen Sterbenden oder eine Gebärende in unmittelbarer Nähe und soweit ich weiß, steht da gerade keiner in den Startlöchern. Niemand erwartet röchelnd und dahinsiechend die letzte Ölung durch eure lächerlichen Kirchenleute. Auch schwanger ist niemand, oder habe ich da was verpasst? Zumindest für die nächste Zeit droht mir keine Gefahr und je länger ich in diesem Körper bleibe, umso stärker wiegt mein Wille. Ich brauche nur eine gewisse Zeit durchzuhalten und dann ist der Tausch auch mit einem Tod oder einer Geburt nicht mehr rückgängig zu machen."

Wieder blickte ich sie lang an. Woher stammte sie und wer war sie? Wie konnte dieses Wesen, doch eigentlich ein Kind der Natur, so eiskalt und egoistisch sein? Zeigte da die Schöpfung tatsächlich ihr gnadenloses Gesicht, frei von jeder Nostalgie, Romantik und Schönfärbung? Entsprach diese Handlungsweise den unerbittlichen Gesetzen Darwins, wonach sich die am besten angepasste Art in seiner Umwelt durchsetzte?

Wie auch immer, Merle war durch meine Schuld in diese Lage geraten, weil ich den Mund gehalten hatte, statt ihr die Zusammenhänge zu erklären und Schutzmaßnahmen zu treffen! Ich würde diese Suppe, an der wir nun beide würgten, wieder auslöffeln! Oder wollte Merle tatsächlich auf Dauer freiwillig ein Naturwesen bleiben? Ich konnte es mir nicht vorstellen. Sie hatte so viel Leidenschaft bei der Herstellung neuer Heilprodukte an den Tag gelegt. Sich ein bisschen in den sanften, freundlichen Raffael verguckt. Sich ihrem lang vermissten Vater etwas angenähert. Damit begonnen, ihr Zuhause zu gestalten. Sich ein neues Leben aufgebaut! Das alles warf man nicht weg für ein bisschen

Rauscherfahrung durch eine unbekannte Parallelwelt, die flüchtig und unbedeutend war!

„Ich schlage vor, dass wir bis dahin so tun, als wäre alles beim Alten", ergänzte Merle, die nicht Merle war. „Es würde bloß Verwirrung stiften und uns beiden das Leben ziemlich erschweren, wenn wir mit jemandem darüber sprächen, meinst du nicht, Garstica?"

Wenn ich noch einen letzten Zweifel gehabt haben sollte – nun waren sie endgültig ausgeräumt! Diese Frau war weiter von Merle entfernt als der Merkur vom Neptun!

Aber im Moment konnte ich nichts tun, außer, das Spiel zunächst erst einmal mitzuspielen. Schauen, wo Merle sich befand. Einen Weg suchen, um mit ihr in Verbindung zu treten. Einen Plan zu ihrer Rettung entwerfen. Das fremde Wesen beobachten und im richtigen Moment zuschlagen.

Ihren Tee wollte ich jedenfalls nicht mehr trinken. Ich stand auf.

„Ich nehme den Hund mit, er möchte nicht bei dir bleiben."

Zu meiner Überraschung hatten weder Mandy noch sie etwas dagegen.

„Mach doch", sagte sie. „Ich hab sowieso keine Lust, mich um dieses Vieh zu kümmern. Die kann mich nicht leiden. Lässt sich nicht mal mit Leckerlis locken."

„Schöne Dryade bist du", konterte ich. „So naturverbunden und tierlieb."

Sie verzog das Gesicht, wie es ein bockiges Kind getan hätte.

„Ich hab halt Besseres zu tun, als Stöckchen werfen und für Hundefutter tagein, tagaus in einem stinkenden Blumenladen zu werkeln. Ich hab andere Pläne und eine wichtige Mission", sagte sie.

Okay, dachte ich bei mir, dann würde ich also herausfinden, was es so Wichtiges zu tun gab. Vielleicht war das der Schlüssel, der uns fehlte, um diese ganze schreckliche Sache zuverlässig rückabzuwickeln. Ich jedenfalls würde dieser Fee, Elfe, Nymphe – oder was auch immer sie war – dicht auf den Fersen bleiben.

Kapitel 13 – Merle

Das Dasein war ein einziges Schweben.

Was mir nun erspart blieb:

Sorgen, Kummer, Leid. Kopfschmerzen. Morgens früh aufstehen müssen. Leistungsdruck. Geldnot. Das Diktat der Uhr, der drohende Tod am Ende aller Dinge, möglicherweise quälend. Krieg, Streit, Auseinandersetzung, Meinungsverschiedenheiten, Konflikte. Irrationale und logische Ängste der verschiedensten Ausprägungen. Gartenarbeit. Nörgelnde Chefs. Staus und überfüllte Busse. Krankheiten. Druck, Hektik, Stress. Eine Aufgabe, die überforderte. Eine Aufgabe, die langweilte. Enttäuschungen, Betrug, Verrat. Alleinsein (Ich war allein, aber es störte mich nicht mehr). Kaffee, der kalt wurde, bevor man dazu kam, ihn zu trinken. Ungerechtigkeit. Illoyalität. Weltschmerz. Unfälle. Unabwägbarkeiten. Unverschämte Forderungen. Sinnlosigkeit.

Was mir fehlte:

Der Geschmack von selbst gemachter Erdbeermarmelade auf einem frisch gebackenen Brötchen. Der Geruch von Mandys Fell. Warme Socken an den Füßen. Badewannenschaum. Ein Buch lesen. Ein Kreuzworträtsel lösen. Der Stolz, wenn ein besonders schwieriger Auftrag erledigt ist. Das Geräusch von aufs Dach platschendem Regen und das Rütteln des Windes am Fensterladen während eines Sturms. Schöne Postkarten sammeln. Eine Berührung oder das Lächeln eines lieben Menschen. Beethovens Fünfte. Durchs Internet surfen. Karten spielen. Eis schlecken. Die Gesten meines Vaters prüfen, ob sie mit meinen Ähnlichkeiten haben. Die Erinnerungen an meine Mutter. Isolde Bocks Häkeldecke. Aus vollem Herzen weinen, schreien oder lachen. Hinfallen und sich das Knie aufschrammen. Bienen, die selbst angebaute Blumen besuchen. Träge Nachmittage in der Hollywoodschaukel. Adventslichterglanz. Einen Stock schnitzen. Niesen. Rennen, bis man Seitenstechen bekommt. Sinn.

Ich stellte fest, dass ich froh war über die vielen unangenehmen Fakten des Lebens, denen ich mich nun nicht mehr stellen musste. Und dass es noch mehr Dinge gab, die mir fehlten und auf die ich nicht verzichten wollte. Aber als ich mich dazu durchgerungen hatte, mein fehlerhaftes, unperfektes Leben wieder zu übernehmen, da wurde mir klar, dass ich es nicht mehr konnte. Wie auch immer Silvana das geschafft hatte, mich meiner eigenen Existenz zu berauben: Nun war ich in dem Baum gefangen. Es gab kein Zurück mehr.

Kapitel 14 – Silvana

Drei Klicks im Internet, das System war kinderleicht und selbsterklärend: Petra und Raimund Hellmers lebten in der nächsten Großstadt, die in wenigen Stunden mit dem Auto erreichbar war und nicht einmal einen Wechsel des Bundeslandes erforderlich machte. Ich würde also nur einen Fahrer brauchen, der mich dorthin brachte und konnte selbst kaum glauben, wie einfach es letzten Endes doch gewesen war. Zu dumm von dem Paar, sich öffentlich ins Telefonbuch eintragen zu lassen! Auf diese Weise konnte man sogar von geheimnisvollen Naturgeschöpfen mit finsteren Absichten gefunden werden!

Dabei waren meine Absichten gar nicht finster. Karsta und Merle hätten das wohl behauptet, doch ich hatte schnell gelernt, dass es in der menschlichen Welt kaum ein richtiges oder falsches Urteil gab, nur unterschiedliche Perspektiven. Und unterschiedliche Interessen. Weil jeder sich selbst der Nächste war und das größtmögliche Stück vom Kuchen abhaben wollte, war der einzig akzeptable Maßstab, um seine eigene Perspektive festzulegen, die Auswirkung, die eine Entscheidung auf das *eigene* Leben haben würde. Es war klug, dabei nicht nach links und rechts und schon gar nicht über den Tellerrand zu blicken, das verwirrte und verunsicherte nur.

Anfangs testete ich noch ziemlich lustvoll all jene Dinge aus, an denen Menschen für gewöhnlich so viel Freude fanden: Ich zog mir, Chips und Schokolade essend, ein paar Serien vor dem Fernseher rein, die mich langweilten. Ich blätterte in philosophischen Wälzern, die mir im Vergleich zum allumfassenden Wissen eines Naturwesens fade und eindimensional vorkamen und dazu noch sprachlich so hochgestochen formuliert waren, dass es mich zu nerven begann. Ich sprang in einen klaren See und bekam Wasser in Nase und Ohren, sodass ich eine Stunde lang nicht mehr richtig hörte. Ich ließ mich von Raffael, der verrückt nach mir zu sein schien, küssen und wischte mir nachher heimlich den Mund ab. Ich vollzog mit ihm den sexuellen Akt, der außer ein bisschen Kribbeln im Unterleib kein Geschenk für mich dabei hatte. Nicht einmal die menschliche Nahrung schmeckte mir.

Ich schaute mir die Vergnügungen der Menschen als Empfehlung ab, doch schien alles, was ich tat, ein müder und reizloser Abklatsch dessen zu sein, was es eigentlich hätte sein sollen. Vielleicht war es auch die immer im Hintergrund lauernde Bedrohung durch Karsta, der es vielleicht doch noch durch einen Trick gelang, meine Pläne zu durchkreuzen. Ich genoss das Menschsein nicht so, wie ich es mir zuvor ausgemalt hatte, aber ich sagte mir, dass es die unerfüllte Sehnsucht, bei meinen Kindern zu sein, war, die der wirklichen Hingabe im Weg stand. Wenn ich erst mit den meinen vereinigt war, würde auch ich mich in meinem neuen Körper und meinem neuen Leben entspannt zurücklehnen und die Früchte der Liebe ernten, die ich bereits vor Jahrzehnten ausgesät hatte.

Leider war es nicht Karsta, die mir einen gehörigen Schrecken verpasste, denn er war umso heftiger, da er so plötzlich und unerwartet kam. Es war Merles Vater, der mit Grabesmiene im Haus auftauchte, an dem ich seit meiner Okkupation keinen Finger mehr gerührt hatte und mir erklärte, wir müssten miteinander reden.

Da ich annahm, nach einer solchen Ansage müsse man einander gegenübersitzen und sich angesichts der Ernsthaftigkeit des folgenden Themas tief in die Augen blicken, nahm ich am Tisch Platz und fegte das ganze Gerümpel, das darauf lag, auf den Boden. (Es war Malerzubehör, Merle wollte wohl die düstere, rissige Blumentapete ersetzt haben, aber mich störte das äußere Umfeld nicht. Es war nur ein Haus, nicht die nach außen verlagerte Hülle meines Ichs, das äußerlich sichtbare Grenzen nach außen erschuf und so etwas wie eine geborgene Höhle darstellen sollte.)

„Also?", fragte ich, etwas ungeduldig. Ich wartete auf Raffael, der mir nach unserer ersten intimen Begegnung aus der Hand fraß und sich bereit erklärt hatte, mich zu meiner Familie zu fahren, obwohl ich ihm den Zweck meines Besuchs verschwiegen hatte.

„Ich will nicht lange um den heißen Brei herumreden", setzte Martin Bock an. „Eigentlich wollte ich es dir gar nicht mitteilen, aber es gibt einiges zu klären und ich kann dich nicht ins offene Messer laufen lassen, wenn du bald allein übrigbleibst."

„Wie meinst du das?" Ich begriff gar nichts.

„Ich bin sehr krank, Merle", brachte er auf den Punkt, was mir in seiner Eindringlichkeit erst später dämmerte. „Deine Mutter hatte recht, ich war viele Jahre lang ein unzuverlässiger Hallodri. Frauen, Feiern, Saufen, Drogen, das ganze Programm. Sie machte es richtig, mit dir abzuhauen."

Das alles interessierte mich nicht. Wenn der Mann Absolution brauchte, würde er die bei einem Pfarrer finden – und eine Therapie bei einem Psychologen. Ich sah auf die Uhr. Raffael konnte jeden Moment hier aufkreuzen.

„Ich hab mich mit Hepatitis B infiziert, schon vor Jahren", fuhr er fort. „Die Krankheit ist nun so weit fortgeschritten, dass ich jeden Tag damit rechnen muss, dass mein Körper nicht mehr mitmacht." Ja, das sah ich wohl. Graue Haut, gelbliche Augen. Er war krank, das war doch nichts Neues! Unheilbar krank – okay, das war schon eine Überraschung ... Mir stach ein Dolch ins Herz, mit dessen Erscheinen ich nicht hatte rechnen können. Wenn dieser Mann hier, ungeachtet seiner relativen Jugend, in Kürze das Zeitliche segnete, dann hatte Karsta ihr Opfer, das die unbedingte Macht zum Wesenstausch erzwang! Sie würde den Tausch rückgängig machen, noch bevor ich meine Familie überhaupt zu Gesicht bekommen hatte!

Martin deutete meinen entsetzten Gesichtsausdruck falsch und interpretierte wohl Schrecken und Trauer hinein, die ich nicht empfand. Mir war völlig gleich, was mit diesem Mann passierte, aber was war mit meinem Körper?

„Ich muss dir das sagen und es tut mir leid, jetzt, wo wir gerade dabei waren, uns etwas anzunähern, unsere Leben ein bisschen zu teilen. Ich fand das schön und bereichernd, dich immer besser kennenzulernen, auch, wenn es mich im Nachhinein schmerzt, was ich offenbar alles verpasst hab. Aber wir müssen darüber reden, Merle, damit die Dinge, wenn es so weit ist, ihre Ordnung haben. Verstehst du?"

Ich wich seinem eindringlichen Blick aus. Wann kam dieser bescheuerte Blumenhändler endlich, um mich aus dieser unangenehmen Situation zu erlösen? Ich musste aufpassen, angemessen zu reagieren, damit Martin keinen Verdacht schöpfte. Quetschte mir eine Träne heraus, was nicht schwer war, wenn ich an meine verlorenen Kinder dachte. Legte die Hand auf seine, die bebte und eiskalt war. *Sagte ihm nicht: Klarer Fall von selbst dran schuld, du Ficksack, Junkie, Rabenvater! Geschieht dir ganz recht!* Schwieg mit der angemessenen Würde und lauschte nach draußen auf Reifengeräusche auf dem Kies.

Und wenn ich endlich aus dieser Lage hatte flüchten und einmal tief durchatmen dürfen, dann musste ich mir sehr genau überlegen, wie ich diesen drohenden Tod verhinderte! Nicht, dass mir der Mensch Martin Bock wichtig gewesen wäre – aber ich wollte nicht in meinen Baum zurück! Mir war völlig schleierhaft, wie man einen nahenden Tod verhindern konnte, ob das überhaupt möglich war, aber im Zweifel musste ich eben Karsta davon abhalten, diesen Tod für sich – oder vielmehr für Merle – zu nutzen!

Ich bekam einen beeindruckenden Einblick in die flatternde Unsicherheit und Verwirrung, die Menschen überfällt, wenn sie sich angesichts sich gleichzeitig auftuender Gräben einer Vielzahl von Problemen gegenübersehen und nicht wissen, welches sie zuerst lösen sollen. Unangenehmer Zustand!

„Was ist mit einer ärztlichen Behandlung?", lotete ich die Optionen aus und legte so viel Mitgefühl in meine Stimme, wie ich konnte.

„Ist ausgeschöpft."

„Alternative Medizin?"

Er zog die Nase kraus und grinste dann.

„Du meinst, so was wie Karstas Pülverchen? Nein, danke." Er lehnte sich zurück und wirkte plötzlich viel schmaler als in der letzten Zeit, als habe er innerhalb von Sekunden viel Gewicht verloren.

„Du wirst das Haus an der Hauptstraße erben, mit der Gaststätte unten drin", sagte Martin Bock.

„Ich hatte die Räume eigentlich zu einer Anwaltskanzlei ausbauen, vielleicht einen Freund und Kollegen reinholen wollen, aber nun … Vielleicht besorgst du dir tatkräftige Pächter mit einer Vision, die sich des Lokals annehmen? Unser Ort könnte eine neue Begegnungsstätte bestimmt gut gebrauchen und du könntest dich noch besser vernetzen."

„Ich bin gut vernetzt", fauchte ich, etwas zu heftig. Dachte an Karsta, die mich mit unerschütterlichem Scharfsinn jagte. An die weichen, feuchten Küsse des Blumenhändlers, die in meinem Bauch weder Bienen noch Schmetterlinge hervorriefen, sondern nur gähnende Leere. An Hettys Suppen, die jedes Mal von allen über den grünen Klee lobten, obwohl sie immer gleich schmecken. Ich war und blieb ein Einzelgänger, der sich nirgends einfügen und anpassen konnte. Aber, sagte ich mir, mit meinen Kindern, wenn ich sie erst gefunden hatte, würde das anders werden!

„Können wir die Details vielleicht später besprechen?", brach ich das Gespräch unsanft ab, weil endlich, endlich Raffael vor dem Haus vorfuhr. Martin strich sich über das Haar, das zu allen Seiten abstand, und schob die Hand in die Tasche seiner Bügelfaltenhose.

„Ja, klar", stimmte er zu. „Ich werde ja nicht sofort oder morgen früh umfallen ... Obwohl ..."

Ich musterte ihn mit einem finsteren Blick, der der Situation wohl nicht so ganz angemessen war.

Er deutete ihn fehl.

„Ich kann gut verstehen, dass du immer noch sauer auf mich bist und aus diesem Zorn auch keinen Hehl machst", hielt er mich weiter auf. „Ich bin ein schlechter, nein, ich bin gar kein Vater für dich gewesen. Aber ich hab auch nicht gewusst, was für ein toller, liebenswerter Mensch du bist und jetzt, da ich dich kenne, tut mir vieles noch mehr leid als früher schon. Ich hatte gehofft, uns blieben noch ein paar Jahre, um alles Versäumte nachzuholen. Vielleicht hättest du mir sogar verziehen. Ich wollte versuchen, es wieder gut zu machen ..."

Spar dir deine kitschigen Worte für Merle, wollte ich sagen. Aber ich WAR ja Merle!

Ich griff trotzdem nach meiner Tasche und hob zum Gruß die Hand.

„Ich hab einen Termin ..." erklärte ich. „Was zu erledigen. Ich bin am späten Abend zurück. Wir können über deine ... äh ... Erkrankung gern morgen reden. Oder über das Haus ... die Gaststätte mit der schrottigen Kegelbahn. Aber jetzt muss ich los, Papa. Okay?"

Mist! Ich biss mir auf die Lippen, doch da war es schon draußen, das verräterische Wort. Sein fragender, zweifelnder Blick bestätigte, dass es auch ihm aufgefallen war: Merle nannte ihren Vater nicht Papa, hatte das nie getan.

„Martin", berichtigte ich mich selbst. „Da hat das hilflose Kind in mir gesprochen." Ich garnierte meinen plötzlichen Abgang mit einem verunglückten Lächeln und rang mir gleich ein zweites ab, um den unerträglich fröhlichen Raffael vor der Tür zu begrüßen, der mir nicht nur die Tasche abnahm und die Autotür aufhielt, sondern mich auch sofort mit Kuss und Gequatsche belegte, bevor er endlich den Motor startete.

Als wir das Grundstück verließen – Raffael vor sich hin plaudernd, scheinbar ohne jeden Zeitdruck, Martin Bock mit gerunzelten Brauen hinter der Gardine – wurde mir bewusst, wie anstrengend all das war: der menschliche Alltag mit all seinen Herausforderungen, das Versteckspiel, die zwischenmenschlichen Bindungen und Emotionen, die Probleme ohne Lösungen. Ich lehnte mich zurück, kurbelte aber noch mal das Fenster herunter, während wir schon im Wenden begriffen waren: Martin war aus der Tür getreten und winkte uns wild hinterher.

„Wo ist eigentlich Mandy?", fragte er.

Ich zuckte die Schultern und schob mir die Sonnenbrille auf die Nase. Mein Verlangen danach, Ruhe zu haben, keine Fragen beantworten und keine Gespräche führen zu müssen, wurde übermächtig. Es würde mir sehr schwerfallen, die Maskerade in den Stunden, die ich nun zwangsläufig mit dem verliebten Raffael verbrachte, aufrechtzuerhalten. Denn er war in Merle verliebt, nicht in mich, wenn ich ihr auch aufs Haar glich, dieselben Leberflecken auf dem Körper trug und meine Gesten mit einem für sie so typischen Kopfnicken unterstrich.

„Mandy ist weggelaufen", brüllte ich zurück und kurbelte das Fenster wieder hoch. Und genau das würde ich jetzt auch tun!

„Behalte es für dich, Merle", hörte ich noch. „Worüber wir gesprochen haben!" Ich hob wieder die Hand. Da brauchte er sich gar keine Sorgen zu machen! Ganz sicher war ich der letzte Mensch auf der Welt, der wollte, dass sein kleines Leberzirrhose-Geheimnis publik wurde! Ich würde schweigen wie ein Grab und soweit es ging, sicherstellen, dass vor allem Karsta davon nichts erfuhr, bis ich in Sicherheit war.

Kapitel 15 - Karsta

Hätte mich jemand gesehen, die Leute hätten mich für bescheuert gehalten: Karsta, die durch Gärten und Waldstücke schlich und ihr Ohr an jeden Baum, jede Blume legte. Karsta, die eine Gestalt in einer Pflanze suchte, die Hoffnung nicht verlierend, obwohl die Gestalt ihr doch keine Antwort geben konnte. Trotz all meiner Bemühungen war das Unterfangen aussichtslos, denn es waren zu viele. Wenn Merle nicht ihrerseits zu mir gekommen wäre, hätte ich nichts mehr für sie tun können.

Aber sie kam! Fand einen Weg, um mit mir zu kommunizieren. Und sie zeigte mir deutlich, dass der gegenwärtige Zustand sie alles andere als glücklich machte, dass sie ihre Entscheidung bereute, wie sie noch nie zuvor etwas in ihrem Leben bereut hatte.

Nachdem ich das Einflüstern von knorrigen Bäumen und blühenden Blumen aufgegeben hatte, versuchte ich es mit den Tarotdecks, deren Botschaften zu verschlüsselt blieben. Ich nahm das Ouija-Brett zur Hand, das seit Jahrzehnten auf dem Dachboden verrottete und selbst für eine ernsthafte Hexe wie mich immer nur eine Spielerei, ein alberner Zeitvertreib gewesen war. Auch diese Buchstaben blieben stumm. Aber ich wollte nicht aufgeben! Irgendeine Möglichkeit des Austauschs von zwei Wesen, die sich nahe sein wollten, musste es doch geben! Ich würde nicht ruhen, ehe ich sie fand, wobei die Zeit freilich gegen mich arbeitete.

Doch dann fand *sie mich*. Merle. Indem sie die moderne Technik nutzte, die heute überall in unser Leben hineinreicht.

Ich hatte mich mit der Vorbereitung einiger frischer Konfitüren ablenken wollen und öffnete im Computer jene Etikettendateien, wie Merle und Raffael es mir gezeigt hatten, um diese drucken zu können. Erstellte einen Druckauftrag für zweimal „Sauerkirsche", dreimal „Heidelbeer-Apfel" und einmal „Honig-Sanddorn". Und während ich darauf wartete, dass der summende Drucker die fertigen Papiere freigab, blieb mein Blick auf dem Curser hängen, der plötzlich nicht mehr blinkte, sondern sich bewegte. Und schrieb. Er schrieb schwarze Worte auf weißem Bildschirm. Mir wurde ganz warm ums Herz, denn ich wusste, das konnte nur meine liebe Merle verursacht haben. Sie war hier, ganz in meiner Nähe, und gemeinsam konnten wir einen Schlachtplan entwerfen, um sie wieder zu dem Menschen zu machen, den ich kannte – und inzwischen liebte.

Es – oder vielmehr sie – schrieb:

```
hilfe
ich bin im baum
```

Daraufhin folgte der kurioseste Chat aller Zeiten. Zwischen mir, die sich noch nie auf eine solche Art unterhalten hatte, und Merle, die sicher all ihre Kraft aufbringen musste, um mit der Welt des Irdischen eine Verbindung herzustellen. Ich stellte mir vor, wie sie mit ihrem körperlosen, ätherischen Leib über die Tastatur sprang, von Taste zu Taste. Oder irgendwas an den elektrischen Strömen innerhalb des Gerätes änderte. Es musste unsagbar anstrengend sein.

Ruhig bleiben, schrieb ich.
Es tut mir leid, dass ich dir nicht alles gesagt habe.

Das war mir wichtig. Sie sollte wissen, dass ich ihr jedes Wort glaubte. Und dass es eine Lösung gab.

ich kann nicht zurück karsta
ich bin verloren

Nein, bist du nicht. Es gibt einen Weg.

die fee hat mein leben gestohlen

Wir holen es zurück, Merle. Das Menschsein wurde dir nicht zufällig geschenkt – es ist dein Recht und dein Privileg, dein Leben in deinem Körper zu leben.

aber wie?

Der endgültige Tausch kann innerhalb weniger Stunden, maximal Tage rückgängig gemacht werden. Es braucht dazu die Lebensenergie einer Geburt oder eines Todes. Kennst du jemanden, der gerade schwanger ist und unmittelbar vor der Niederkunft steht?

Ich wartete.

nein
ich kenne hier nur euch
habe andere kontakte abgebrochen
aber da war niemand schwanger
die leute aus meiner welt hatten andere ziele

Ich scheute mich, den nächsten Satz zu schreiben, aber es musste sein, denn andere Optionen blieben uns nicht.

Und einen Sterbenden?

Wieder wartete ich. So lange, dass ich glaubte, sie hätte aufgegeben oder sei gestört worden. Vielleicht war auch der Kanal, den wir nutzten, nun aus irgendeinem Grund blockiert. Doch dann kam eine Antwort und die zog mir wirklich den Boden unter den Füßen weg. Einerseits erleichterte sie mich zutiefst – sie war die Antwort auf unsere Gebete! Anderseits wünschte ich, es wäre jemand anders gewesen. Der Schock traf mich tief, doch um wie viel tiefer musste er Merle selbst zuvor erwischt haben?

```
ich habe ein gespräch beobachtet
zwischen silvana und meinem vater
silvana ist die fee aus dem baum
er sagt er habe eine schwere
leberkrankheit und nicht mehr lange
zu leben
```

Ich war es jetzt, die nach einer Antwort rang. Es tat mir in der Seele weh, aber ich musste es ihr schreiben.

Es gibt keine Rettung?, fragte ich zunächst, obwohl ich die Wahrheit ahnte. Martin Bock hatte schon lange zu schlecht ausgesehen, um noch an eine Heilung glauben zu können. Er war ein schwieriger Mensch, der viel Ärger verursachte und sich oft mit den Leuten anlegte, aber er war auch Merles Vater. Sie musste, noch dazu in dieser prekären Lage, am Boden zerstört sein.

```
nein
keine rettung
```

Ich konnte ihre Trauer spüren, sie glitt zwischen den Welten hin und her wie eine Welle aus schwarzer Melasse, die sich an den Wänden eines Glases reibt. Gerade hatte sie ihn wieder zurückbekommen, diesen lang vermissten Papa. Sich alle Mühe gegeben, um sich ihm wieder anzunähern. War auf dem Weg, ihm zu verzeihen, oder auch nicht, das spielte keine Rolle. Trotzdem: Für unser Vorhaben, letztlich *ihr* Leben zu retten, war es ein Geschenk. Ich machte mich daran, ihr Einzelheiten zu erläutern.

Du musst in seiner Nähe sein, wenn er von uns geht.
Du wirst es spüren, wenn es soweit ist. Wenn er seinen

letzten Atemzug tut, musst du die Augen schließen und dir mit aller Macht und Innigkeit, über die du verfügst, wünschen, deinen Körper und dein Leben zurückzubekommen. Du musst aus vollem Herzen Ja sagen und darfst nicht zaudern und nicht zweifeln. Hast du das verstanden? Bleib in seiner Nähe, damit du den Moment nicht verpasst.

```
das ist absurd
```

Ja, das war es. Es war unglaublich und auf eine sehr schräge Art doch richtig, denn etwas anderes blieb uns nicht.

```
ich werde das nicht tun
```

Um Gottes willen, Merle, warum denn nicht?

Begriff sie nicht, dass sie sich damit die einzige Chance auf eine Rückkehr zur Normalität verbaute?

```
ich werde den tod meines vaters für
meine eigenen zwecke nicht ausnutzen
wenn ich ihn schon nicht verhindern
kann
```

Das ist dumm! Wenn er wirklich so krank ist, wird er sowieso sterben!

```
ja
aber ohne blut an meinen händen
```

Ich war ratlos. Merle konnte, so sensibel und einfühlsam sie war, auch ziemlich stur sein, wenn sie etwas nicht wollte. Wie konnte ich ihr begreiflich machen, dass ihr das Schicksal da gerade wirklich in die Hände spielte?

Doch ich verstand auch ihre Skrupel. Sie hatte den innigen Wunsch, mit einem engen Familienmitglied nachholen oder ausgleichen zu können, was einst verloren gegangen war. Sie war noch nicht dazu bereit, ihn loszulassen – eher ließ sie sich selbst los! Das durfte ich auf keinen Fall erlauben!

Ein weiteres Problem kam erschwerend hinzu: Martin Bock, noch keine sechzig, würde den Tod nicht in Frieden willkommen heißen. Ein Tod brachte nur dann genug positive Energie mit sich, wenn er bereitwillig empfangen wurde. Opfer funktionierten nur, wenn sie reinen Herzens erbracht wurden, was von dem ewig mit sich selbst kämpfenden Anwalt nicht zu erwarten war! Martin Bock war so oder so *nicht* die Antwort auf unsere Fragen. Er würde sich dem Griff des Todes bis zuletzt entziehen und mit allem, was ihm zur Verfügung stand, dagegen anfechten. Nicht nur, weil er Anwalt war, sondern auch, weil seine Zeit eigentlich noch nicht hätte kommen dürfen. Und weil er, dessen war ich mir sicher, seine Tochter, die er bis neulich noch nicht gekannt hatte, mehr liebte, als er sich zuvor jemals hätte vorstellen können.

Liebe? Was taten Menschen alles aus Liebe? Um die ihrigen zu schützen, um etwas zu geben, was dringend gebraucht wurde? Liebe war ein Tausch, der keine Gegenleistung forderte und trotzdem eine bekam, auf die ein oder andere Art!

Und dann hatte ich eine Idee.

Eine Idee, mit der alle Beteiligten gut würden leben können! Und ich hatte dadurch die Chance, Buße zu tun, Absolution zu erhalten, wiedergutzumachen, was ich an Merle – und vor vielen Jahrzehnten an meiner Mutter und meiner Schwester – falsch gemacht hatte, weil ich den Fakten nicht hatte ins Auge blicken wollen oder können.

Wie gern möchtest du dein Leben zurück, Merle?

Ich musste mich vergewissern, dass sie bereit war, alles zu tun, wenn ihr ein entsprechendes Opfer geboten würde. Nicht ihr Vater, der noch viel zu jung und ihr gefühlsmäßig immer noch zu fern war, um jetzt sterben zu dürfen. Aber die Ordnung der Welt musste wiederhergestellt werden, denn es war nicht richtig, auf Dauer die Identitäten unterschiedlicher Geschöpfe zu vermischen. Schon bald würde diesem Prozess das Chaos folgen, das unser beider Welten nicht gut bekommen konnte. Seelen, die ihren angestammten Platz verließen, konnten reißen und in unzählige Stückchen zerfallen. So hatte sich die Schöpfung das Leben nicht gedacht!

Doch dieses Mal würde ich nicht weglaufen! Ich würde tun, was getan werden musste, damit das erschütterte Weltgefüge wieder in Ordnung kam!

Ich wartete, bis neue Buchstaben auf dem Bildschirm erschienen. Fragte mich, ob man mich für verrückt halten würde, wenn man mich so vor dem Computer fand: Die erhitzte Haut gerötet, die Augen vor Anspannung (und Kurzsichtigkeit) zusammengekniffen, die zitternden Hände zu

Krallen geformt und über der Tastatur schwebend. Und auf dem Monitor entstand ohne mein Zutun ein Text, der mir Hoffnung gab.

```
mein leben ist unfertig
```

schrieb Merle.

```
ich habe offene baustellen
die nicht geklärt sind
ich muss dinge zu ende bringen
ich muss aufhören
immer wegzulaufen
wenn es schwierig wird
```

Ich lächelte. Hatten wir nicht alle einst an dem fragwürdigen Punkt dieser Erkenntnis gestanden? Oder würden es einst tun?

```
ich möchte leben
wie unperfekt das leben auch ist
egal
welch hässliches gesicht es zeigt
ich möchte arbeiten und ruhen
mich vergnügen und leiden
fühlen und denken
mit den sinnen wahrnehmen
ich möchte mich verbinden und türen
schließen
mich allem stellen
```

was mich ruft und fordert
mich nicht ins heilige
glänzende schweigen einer
unbedeutenden feenwelt zurückziehen
ich bin kein baum
der still steht und leise schreit
ich bin ein mensch
und das will ich zeigen

Sie hatte viel getippt. Sie musste ganz außer Atem sein. Aber ich war zufrieden – ich wusste nun, was ich wissen musste, um die nächsten Schritte einzuleiten. Dabei konnte ich ihre Gesellschaft nicht gebrauchen.

Ich schrieb:

Flieg dahin, mein Elfchen, geh dich von dem Baum verabschieden, der zeitweise der deine war. Schau dich noch einmal um in der Welt, die unserer so fremd ist und doch plötzlich zu dem Mantel wurde, der deine Nacktheit kleidete. Und dann komm zurück zu mir und ich werde eine Lösung bereithalten. Eine, die deinen Vater außen vor lässt. Du wirst die letzte Zeit mit ihm genießen können – in Menschengestalt.

Direkter wurde ich nicht. Sie hätte mir mein Vorhaben gewiss ausgeredet, sich wieder geweigert – und dann würde alles umsonst gewesen sein! Ich musste schnell und besonnen handeln, und das fiel mir leicht, weil ich keine Zweifel verspürte: Der einzige Mensch in Merles Umgebung, der alt genug war, um dem Sensenmann direkt ins Auge zu blicken, und darüber hinaus mit sich und der Welt im Reinen war: Dieser einzige Mensch war ich selbst.

Kapitel 16 – Merle

Meine Erleichterung war grenzenlos, als Karsta schon meine erste Botschaft direkt verstand und auch sofort begriffen hatte, wer dahintersteckte! Und ein Hoch auf die moderne Technik, die uns einen besseren Kontakt ermöglichte als es alle altertümlichen Wege, die oft umständlich und beschwerlich waren, vermocht hätten!

Den perfiden Plan der ominösen Baumblütenfee musste Karsta jedenfalls längst durchschaut haben – sie würde mir also eine Hilfe sein können, vielleicht sogar die einzige, die überhaupt möglich war! Ich wollte nicht, dass mein Vater mir sozusagen zum Opfer fiel, aber ich wollte auch dieser Gefangenschaft, die mir einst so verlockend vorgekommen war, entfliehen. Eigentlich wollte ich nichts mehr als das! Ich hatte mein Leben geringgeschätzt und verachtet, weil es ganz anders ablief, als es meinen Erwartungen entsprach, aber ich hatte darüber gar nicht bemerkt, wie kostbar und wertvoll es mir tatsächlich war! Vermutlich stimmte die Unterstellung, dass man etwas in seinem Wert erst wirklich erkannte, wenn es einem genommen wurde!

Nun, ich hatte mein Leben sogar freiwillig hergegeben – und das bald zutiefst bereut! Ich war ich und mein Leben war mein Leben. Nichts davon war perfekt, aber das war doch nun mal das Blatt, welches das Schicksal an mich ausgeteilt hatte. Ich war, verdammt noch mal, dazu aufgefordert, damit zu spielen und nicht durch Taschenspielertricks etwas Besseres oder anderes daraus zu machen! Und ich würde nichts mehr als selbstverständlich ansehen! Dass ich nach einem solchen Tiefschlag wie meiner Trennung und dem Verlust von Mutter, Job und Heimat überhaupt direkt in ein neues Leben hatte starten können, war ein Geschenk gewesen! Die Vorzeichen hatten sich günstig gefügt: Ich hatte ein Dach über dem Kopf und genug zu essen im Kühlschrank, man hatte mich freundlich empfangen, mir Perspektiven und Wissen geboten, mir bei meinen ersten wackligen Schritten im neuen Alltag helfend unter die Arme gegriffen. All das wollte ich nicht kampflos einem fremdartigen Wesen überlassen – es war *mein* Schlachtfeld und gleichzeitig *meine* Ruheoase! Mein Bündel an Optionen, mein

Hätte-Würde-Könnte, voller Hoffnung und Zuversicht!

Karsta war schlau und kannte sich in der Magie – die ich neulich noch komplett infrage gestellt hätte – gut genug aus, um Zauber dieser Art erfolgreich durchzuführen. Ich vertraute ihrem Wort und ihren Fähigkeiten und tat, wie mir geheißen. Sie hatte geschrieben, sie wüsste einen Weg, um mich zu retten, und dass dieser Weg nicht den Tod meines Vaters bedingte.

Ich glaubte ihr. Ich vertraute ihr! Manchmal musste man auch einfach vertrauen und alle Zweifel loslassen!

Der Abschied von der Feenwelt war sehr leicht, denn im Grunde war ich bei meinen kurzen Stippvisiten nie wirklich zu einem Teil von ihr geworden. Und auch, wenn ich gegenwärtig darin noch gefangen war, so identifizierte ich mich doch nicht damit. Ich fand auch keinen Anschluss. Entweder, weil Elementarwesen keine Freundschaften und Beziehungen pflegten oder weil sie es verweigerten, mich als eine Zugehörige zu akzeptieren. Ich fragte mich auch, wo der mahnende und strafende Gott war, der der aufmüpfigen Elfe einmal gehörig auf die Finger haute, immerhin verstieß sie wohl gegen alle kosmischen Gesetze, indem sie mit Vorsatz einem Menschen geschadet hatte!

Aber hatte sie das wirklich? Oder war ich das selbst gewesen und sie hatte nur die Gunst der Stunde für sich genutzt? Sie war wohl eine Laune der Natur, eine Anomalie, die aus dem Rahmen fiel – und ich war, wie ich mir eingestehen musste, nichts anderes und doch gleichzeitig so gewöhnlich, wie jeder Mensch, der sich anmaßt, immer und über alles die Kontrolle bewahren zu wollen.

Ich verabschiedete mich wie geheißen von „meinem" Baum und kehrte bald zu Karsta zurück. Zu meiner großen Überraschung fand ich sie im Bett liegend vor. Während sie vor kurzer Zeit – mir ging jedes echte Zeitgefühl ab, aber es konnte nicht sehr lang gewesen sein – noch vor Gesundheit strotzend am PC gesessen hatte, um mit mir zu schreiben, wirkte sie nun selbst wie eine zerbrechliche Elfe, die kaum ihre Nase unter der Bettdecke hervorzustecken wagte. Was war da los? Hatte unser Gespräch oder der Schock über das, was mir passiert war, sie zusammenbrechen lassen?

Ihre Stimme war brüchiger und dunkler als ich sie in Erinnerung hatte:

„Bist du zurück, Merle? Gib mir ein Zeichen?"

Ich bauschte die Vorhänge, die sich bewegten, obwohl das Fenster geschlossen war. Hätte ihr gern das Kissen aufgeschüttelt oder etwas Wasser gereicht. Sprang leichtfüßig über ihre Stirn, es sollte ein Streicheln sein. Ihre Haut war blass und wächsern, ihr Augenweiß gelb wie das Innere eines Hühnereis. Mir dämmerte eine furchtbare Wahrheit. Und da sprach sie auch schon weiter:

„Ich bin alt und hatte ein erfüllendes Leben, Merle. Und ich habe eine alte Schuld zu begleichen. Das Opfer funktioniert nur für den Tausch, wenn es freiwillig gegeben wird und genau das möchte ich für dich tun, auch als Dank an das Leben selbst, weil es gut zu mir gewesen ist. Du bist jung und hast noch so viel zu erwarten. Nutze mein Ableben, das in Kürze bevorsteht, für deine Rückkehr in unsere Welt und behalte mich in guter Erinnerung."

Erschöpft hielt sie inne. Ich wollte es nicht glauben! Ich wollte das nicht unterstützen! Ich schrie und weinte und tobte, doch sie sah es nicht, denn ich war nur eine Nymphe, deren Stimme unhörbar ist und deren Tränen zu Blüten erstarren, aus denen eines Tages süße Früchte wachsen. Karsta erzählte mir ihre Geschichte:

„Als meine Schwester geboren wurde, fand schon einmal ein solcher Tausch statt, ich denke, es war zu jenem Zeitpunkt eine Wasserfee, die die Schwäche meiner Mutter unter der schweren Geburt und durch ihr nicht einfaches Leben in Armut ausnutzte. Sie nutzte den Übergang meiner Schwester von der Fötenwelt in die unsere und glitt in den Körper meiner Mutter, um fortan ihren eigenen Interessen nachzugehen. Meine Mutter wurde zu nicht mehr als Schaum auf der Wasseroberfläche und meine Schwester starb, weil niemand sie stillte. Hetty und ich wurden ohne Mutter groß, weil mein Vater sein Bestes gab, aber unsere Kindheit war weiß Gott kein Zuckerschlecken."

Karsta hustete und ich wünschte, ich hätte ihr die Beschwerden, deren vielerlei Ausprägungen ihr deutlich anzusehen waren, abnehmen oder zumindest lindern können. Ich ließ mich mit flatternden Flügeln auf ihrem Kissen nieder, ganz nah an ihrem weißen Haar und den halb geschlossenen Lidern. Hatte sie Schmerzen? Empfand sie Angst? Reue? Bedauern? Eigentlich wirkte sie friedlich, mit sich selbst im Reinen. Als sei alles gesagt und getan worden, was im Leben nötig gewesen war, um es zu einem guten Leben zu machen.

„Damals war ich zu klein, um zu begreifen, was passierte – und als ich die Zusammenhänge endlich verstand und erkannte, welche Möglichkeit der Rettung es gegeben hätte, da war es für meine Mutter und auch für meine Schwester viel zu spät. Seither betrachte ich die Naturwesen mit noch mehr Respekt und ziehe den Abstand zu ihnen vor. Sie sind uns nicht immer wohlgesonnen und manchmal ist es klüger, sich von ihnen fernzuhalten."

Das hatte ich inzwischen auch begriffen. Aber mein Fehler war nicht gewesen, dass ich den direkten Kontakt mit Silvana zugelassen hatte, sondern dass ich so hart und gnadenlos über die Qualität meines Lebens geurteilt hatte.

„Ich hätte dir rechtzeitig die Wahrheit sagen sollen, aber ich war zu feige. Diese Schuld und meine Unfähigkeit, meine Mutter und meine Schwester zu retten, fordern nun den Mut von mir, den ich zweimal nicht hatte."

Ich verstand, warum Karsta dieses Opfer brachte. Sie tat es für ihre Mutter und ihre Schwester, die sie einst nicht hatte retten können – und sie tat es für mich. Damit ich eine Chance hatte, weiterzuleben, weitere Erfahrungen zu machen, mich mit meinem Vater auszusöhnen und die Zeit, die uns noch gegeben wurde, zu nutzen.

„Ich habe die Krankheit deines Vaters auf mich genommen", erklärte sie, als ich eben daran dachte. Als könne sie Gedanken lesen. Vielleicht konnten sterbende Menschen das!

„*Ich* werde das Opfer bringen, das nötig ist, damit du das Ritual durchführen kannst. Er wird sich bester Gesundheit erfreuen. Ihr werdet Fehler machen, euch streiten, aneinandergeraten, böse aufeinander sein. Aber ihr könnt euch auch in Liebe und Nachsicht begegnen. Es ist eure eigene Wahl."

Ich nickte, mühsam die Tränen zurückhaltend, aber auch das nahm sie nicht wahr. In ihre Augen war ein trüber Schleier getreten. Ihre Stimme, die immer noch klar war, gab mir letzte Instruktionen.

„Auf dem Dachboden lagern handgeschriebene Bücher mit Rezepten für Tränke, Salben, Tinkturen und andere heilkundige Substanzen. Sie gehören dir, Merle, denn meine Leidenschaft spiegelt sich in der deinen – Du wirst eine würdige neue Hexe sein und meinen Platz hervorragend ersetzen."

Ein Lächeln, kaum sichtbar, bloß ein Hauch. Ich wollte schniefen, doch es kam mir ungehörig und unpassend vor. Feierliches Schweigen lag in der Luft. Manchmal kam das Ende in Würde und Karsta wurde, wie es aussah, diese Ehre zuerkannt.

„Ich habe das Ganze chemisch ein bisschen beschleunigt, weil die Zeit uns im Nacken sitzt. Und ich habe mir etwas zubereitet, bevor ich das Ritual zur Übernahme der Krankheit durchführte, keine Sorge. Ich bin ja nicht umsonst eine Hexe, auch, wenn es ein bisschen getrickst ist. Ich habe keine Schmerzen. Alles ist gut."

Meine Hand war viel zu winzig, um ihre zu nehmen. Ich hätte meine Gestalt ändern und mich viel größer machen können, und dennoch wäre mein Griff durch ihre Haut hindurchgegangen. Ich begnügte mich damit, auf ihrer Brust zu sitzen, die sich in immer größeren Abständen hob und senkte. Nicht wie ein Alb, der Atemnot und schlimme Träume hervorrief, sondern als ein Geschöpf des Trostes und der Kraft.

Einatmen. Pause. Ausatmen.

Einatmen.

Nichts.

Nichts.

Ausatmen.

„Danke", flüsterte ich. Ich wusste nicht, was ich meinte. Die Rezeptbücher und das Wissen, das sie mir vermacht hatte? Ihre Zuneigung, die mir ein Zuhause geschenkt hatte, als ich eines brauchte, und die mir den Glauben an das Gute im Menschen zurückgegeben hatte? Ihr unfassbar großes Opfer, das sie hier gerade für mich brachte und dass ich, wie mir wohl bewusst war, nicht würde verhindern können, obwohl doch alles in mir danach schrie?

Ich entschied mich, in die Stille einzutauchen, wie Karsta es tat. Sie fand darin Frieden, vielleicht würde mir das auch gelingen.

Eine Uhr tickte. Draußen vor dem Fenster war Ruhe, als sei die Welt für einen Moment ausgestellt worden. Die Kissen raschelten leise, die langsamen, inzwischen unregelmäßigen Atemzüge kündeten von Aufbruch.

Einatmen.

Pause.

Pause.

Pause.

Ausatmen.

Pause.

Einatmen.

Ich sah Karsta, wie ich sie erlebt hatte, viele Male und doch nicht genug: Karsta, bei unserer ersten Begegnung, als ich ihr die Flaschen gebracht hatte. Runzlig, verhalten, vor Kraft strotzend. Karsta, die sich über die Schaufel beugte, mit der sie gerade in Loch im Garten gebuddelt hatte, die Füße in grauen Gummistiefeln, das weiße Haar feucht und strähnig im Gesicht. Karsta hinter ihren Töpfen, konzentriert rührend, eine Handvoll Kräuter ins blubbernde Wasser bröselnd. Karstas eckige, große Handschrift, ihr Lachen, wenn ich ihr einen dampfenden Tee reichte, ihre Abneigung gegen Small Talk, ihre große, schöne, unbekannte Vergangenheit. Karsta, die viel Gutes und Erfüllendes, aber wohl auch viel Schlimmes erlebt hatte, ohne sich darüber zu beklagen, sondern einfach hinnehmend, was war. Karsta, die zu Unrecht im Dorf verleumdet wurde, weil die Unwissenden ihr Können fürchteten. Karsta, die in so kurzer Zeit für mich so vieles geworden war: Mutter und Großmutter, Ratgeberin und Lehrerin, Heilerin und Retterin. Es schmerzte, dass mir eine letzte Berührung versagt blieb.

Einatmen.
Nichts.
Ein letztes Aufbäumen.
Einatmen.
Pause.

Das Nichts blieb und ging nicht wieder weg.

Ich schloss die Augen. Faltete die Hände wie zum Gebet. Wünschte. Wünschte mit aller Kraft. Ich machte mich bereit und Karsta tat dasselbe.

Kapitel 17 – Silvana

Wir fanden das neue Haus, in dem meine Familie wohnte, recht schnell, weil uns eins dieser tollen Geräte dabei half, die mit einem sprechen und dem Fahrer den Weg weisen. Aber neu sah es nicht aus, eher etwas heruntergekommen, als würden sie schon sehr lang darin leben. Wieder wurde mir bewusst, wie wenig ausgeprägt mein Zeitgefühl war, es hielt mich ständig zum Narren.

Raffael hatte mir während der Fahrt verliebte Blicke zugeworfen, die gar nichts in mir auslösten. Biochemie hin oder her – und mehr war Liebe, wenn man es wissenschaftlich betrachtete, nicht – bei mir schien dieser ganze Vorgang des Umwerbens und Reizens nicht zu funktionieren. Und doch liebte ich! Ich liebte meine Kinder und hatte Grenzen des Lebens und der Schöpfung selbst überschritten, um diese Liebe zur Erfüllung zu führen! Konnte es eine größere Liebe geben?

Der entflammte junge Blumenhändler begnügte sich aber nicht damit, mich von der Seite ständig anzublicken, sodass es mir bald auf den

Keks ging. Er griff auch immer wieder nach meinem Knie oder meinem Ellbogen, zwang mir an einer Raststätte nach einem Klobesuch (Lästig, diese körperlichen Vorgänge!) einen Snack auf, der aus einem pappigen Sandwich und einer überzuckerten Dose Zitronenlimo bestand. Und er belästigte mich mit Zukunftsplänen, die mich einschlossen. Ich sagte ihm nicht, dass ich nicht mit ihm zurückfahren, sondern bei meiner Familie bleiben würde, wenn ich sie erst gefunden hatte. Das würde er dann schon merken und geknickt abziehen. Manchmal brachen Herzen eben, das war unvermeidlich.

Meine Planung war, noch dazu für ein Naturwesen, das für gewöhnlich planlos in den Tag hineinlebte, exquisit gewesen! Abgesehen von diesem todkranken Martin Bock, der aber doch gewiss Karsta gegenüber wie ein Grab schweigen würde! Ich verstand deshalb nicht, warum dann alles schiefging.

Als Raffael vor dem einstöckigen, etwas ramponiert wirkenden Mittelreihenhaus hielt, sprang ich schnell aus dem Wagen und lief die Treppen hinaus, die zur Haustür führten. Stolperte fast, weil einige Platten nicht befestigt waren. An den Fenstern hingen angegraute Pflanztöpfe, aus denen Stiefmütterchen und Primeln ihre bunten

Köpfchen baumeln ließen. Rote Gardinen. Schlecht verputzte Wände mit dunklen Schlieren. Eine Klingel ohne Schild. Ich drückte den Knopf.

Ein Mann öffnete die Tür.

Es war ein alter Mann.

Ich erkannte ihn wieder: Es war tatsächlich Raimund Hellmers, der Vater meiner Kinder – doch er hatte graues Haar, eine gebeugte Statur, Falten im Gesicht! Seine Knie hinter den ausgebeulten Hosen wirkten instabil, als würde ihm jeder Schritt schwerfallen, und aus seinen Ohren wuchsen Haare!

Erschrocken wich ich einen Schritt zurück. Ich wusste, dass Menschen altern – aber es dauerte eine sehr lange Zeit, bis ein dunkelhaariger und einst frischer Mensch so aussah! Wie viele Jahre war es her, dass meine Familie gegangen war? Es fühlte sich an, als hätte mir jemand in die Magengrube geboxt. Und es wurde noch schlimmer.

„Raimund Hellmers?", fragte ich trotzdem, um sicherzugehen.

„Ja?", sagte er freundlich und offen, ohne jeden Argwohn. „Kann ich Ihnen helfen, junge Frau?"

„Ich war mal die Lehrerin Ihrer Kinder", fantasierte ich frei heraus. „Ich würde gern wissen, wie es ihnen geht! Sind sie zu Hause? Kann ich sie sehen?" Das war vielleicht ein bisschen aufdringlich, aber ich hatte das drängende Gefühl, mir liefe die Zeit davon. Von wegen, Nymphen hätten keine Gefühle! Ich fühlte sie alle: Aufregung, Freude, Angst, Sehnsucht. Gleichzeitig!

Der alte Mann lachte. Er lachte aus vollem Herzen und so laut, dass ein vorbeiflanierender Spaziergänger sich herumdrehte. Ich verstand nicht, was so komisch an meiner Frage war.

„Sie wollen die Lehrerin meiner Kinder gewesen sein?", fragte er mich, als er wieder Luft bekam.

„Aber ja", sagte ich. „Rechnen … Lesen … Schreiben. Wir haben damals „Die Schatzinsel" zusammen gelesen." Das hatten wir wirklich, Stefanie hatte gelesen und Jan und ich hatten zugehört. Nur hatte niemand gewusst, dass ich auch dabei gewesen war.

„Das ist doch wohl ein Scherz, oder?"

Verständnislos blickte ich ihn an. Er wurde wieder ernst, weil mein Gesicht, inzwischen etwas gequält, wohl Bände sprach.

„Sie sind doch höchstens dreißig", erklärte er, als sei ich etwas begriffsstutzig. Geduldig, sanft. *Hab Nachsicht mit der Verrückten. Aber nimm dich auch vor ihr in Acht!*

„Ja, und?" Meine Rückfrage war wie ein Biss oder zumindest ein Knurren. Knapp und unmissverständlich. Es lagen all meine Gefühle darin, zu denen sich nun auch noch etwas anderes gesellte: umfassende Trauer, die herannahte, wie ein Erdbeben, das die ganze Welt unter sich begraben würde. Ich konnte erahnen, dass seine nächsten Worte alles, woran ich glaubte und wofür ich lebte, zu zerstören vermochten.

„Meine Kinder sind zweiundvierzig und vierzig Jahre alt, Sie können also nicht ihre Lehrerin gewesen sein. Ihre Schulzeit ist ewig her. Sie leben eigene Leben und besuchen uns nur selten. Vielleicht eine Verwechslung?"

Ich hörte es, aber ich weigerte mich, es zu begreifen. Dieses Beben würde ich nicht überstehen. Es mochte mich zermalmen und hier direkt vor Ort in den Erdboden hereinziehen, mich nie wieder darauf entlassen! Mein Herz kapierte, was mein Verstand nicht begreifen mochte: Meine Kinder gab es nicht mehr! Es gab erwachsene Menschen, die an ihre Stelle getreten waren! Aber niemals mehr Gelächter auf der Schaukel, schmutzige kleine Nasen, die an Fensterscheiben gepresst wurden, geflüsterte Geheimnisse und helle, singende Stimmchen, deren Lieder auch für Feen erklangen! Meine Kinder lebten nun in jener

Welt, die für Feen völlig unzugänglich war, weil Erwachsene, bis auf wenige Ausnahmen, nicht an Zauberwesen glaubten und deshalb auch nicht in der Lage waren, sie zu erkennen, wenn sie einem gegenüberstanden!

Während ich dachte, mein Herz würde mir im Leib zerspringen (und am Rande wahrnahm, dass Raffael helfend auf mich zustürzte), geschah noch etwas Merkwürdiges:

Ich glitt aus dem menschlichen Körper heraus und ließ ihn hinter mir wie eine Jacke, die man auf den Boden wirft, nachdem man sich aus den Ärmeln geschält hat. Ich wurde luftig und leicht, ein Windhauch nur, ein Wolkenschimmer, eine Sekunde Sonnenglanz.

Karsta, die alte Hexe! Irgendwie hatte sie es geschafft, mich aus Merles Körper zu verbannen! Noch vor wenigen Minuten hätte ich dagegen vehement angekämpft. Aber nun hatten die Dinge sich geändert: Meine Kinder waren mir so fern, als wären sie gestorben und nichts und niemand würde daran etwas ändern! Man konnte die Zeit nicht zurückdrehen, nicht einmal eine Fee konnte das! Ich konnte nicht zurückholen, was ich verloren hatte, es war unwiederbringlich verloren.

Zurück in meinem filigranen Körper umkreiste ich die Menschen, mit denen ich nichts zu tun hatte: Merle, die sich, verwirrt und doch charmant wie immer, nun aus einer Situation retten musste, von der sie nicht wusste, wie sie hineingeraten war. Gewiss würde ihr das gelingen. Raffael, der beflissen ihren Arm stützte und sie sicher nach Hause bringen würde, wo sie – wie überraschend! – gewiss ein zufällig gerade verstorbener Todesfall empfing, vermutlich Martin Bock, vielleicht ein anderer, egal. Und Raimund Hellmers, ein alter Mann, der mit mir und meinen Sehnsüchten nicht mehr das Geringste zu tun hatte.

Alles war schiefgelaufen! Wie hatte das nur so kommen können? Die Hexe hatte mich ausgetrickst und ich war so beschäftigt gewesen, dass ich nicht genug auf sie aufgepasst hatte! Aber ich hatte doch nur meine Familie suchen wollen! Dafür sorgen, dass alles wurde, wie es einmal gewesen war! Sie wären vielleicht zurückgekommen auf meinen Hof und hätten dort ihr altes Leben wiederaufgenommen, während ich in ihrer Nähe in meinem Baum …

Mein Baum. Mein Baum!

In meinem Herzen war ein gigantischer Bottich aus Trauer und Schmerz, der es ganz und gar ausfüllte. Doch eine kleine Ecke blieb frei: Es war die Nische, in der mein Apfelbaum wurzelte, dieses beständige, zuverlässige, wunderbare Geschöpf, das schon lang nach mir schrie. Ich war noch nie so weit weg von meinem Baum gewesen! Und jede Minute zählte: Würde sich meine Rückkehr verzögern, würde mein Baum eingehen, noch bevor ich zurück an Ort und Stelle war! Mein zweiter, mein nächster großer Verlust! Und der letzte Verlust, denn wenn mein Baum starb, dann starb auch ich. Viele Jahre vor der Zeit!

Mir blieb keine Wahl. Trauer und Verluste unterliegen im Kampf gegen den Selbsterhaltungstrieb. Und es gab hier für mich sowieso nichts mehr. So schnell ich konnte, machte ich mich auf den Weg, schwächer werdend und gegen eine Zeit kämpfend, die mir wie ein eisiger Windhauch im Nacken saß. Immer war die Zeit mein größter Gegner, unfassbar und unbegreiflich, unbeschreiblich, gleichförmig, ewig und doch nur eine Illusion!

Nachdem ich alles verloren hatte, was mir etwas bedeutete, konnte ich nur noch eins retten: mein eigenes, blankes Leben.

Kapitel 18 – Merle

Ich wünschte, ich könnte sagen, ich hätte jüngst ein spannendes Abenteuer erlebt, aber diese Bezeichnung wurde dem Schrecken, mit dem es verbunden war, nicht gerecht. Zudem wog der Tod von Karsta schwer auf der Waage meines Gewissens. Sie fehlte mir und ihre Allgegenwart bei allem, was ich tat, machte es nicht gerade leichter. Auch für mein Umfeld war dieser scheinbar völlig unvorhergesehene Tod ein harter Schlag, doch ich konnte einfach mit niemandem über das Erlebte sprechen: Was hätte ich auch sagen sollen?

Raffaels und meine Liebe entfaltete sich so leise, wie es der Situation angemessen war. Dafür ging sie umso tiefer. Der ersten Balz- und Verliebtheitsphase folgte eine Zeit, in der uns der harmonische Gleichklang unserer Seelen auf eine ganz selbstverständliche Weise vereinte. Schließlich wurde aus dem gegenseitigen Wollen ein Brauchen und daraus entstand eine unabdingbare Lebensnotwendigkeit. Wir gestalteten gemeinsam, was uns geblieben war. Und das war, wie ich inzwischen wusste, gar nicht mal so wenig.

Nach einem umfassenden Umbau teilte ich mir die Räumlichkeiten der Gaststätte im Haus meines wie von Zauberhand genesenen Vaters: Er richtete sich dort eine Anwaltskanzlei ein, die erstaunlich gut anlief. Ich eröffnete in den angrenzenden Räumen einen kleinen Laden: *Karstas heile Welt.* Weil Karstas Produkte im Ort und im Umfeld bereits bekannt und beliebt waren, entwickelte sich rasch eine überregionale Bekanntheit und schließlich ergänzte ich mein Angebot zusätzlich durch den Onlinehandel, der weitere Absatzwege ermöglichte. Mit meinem Vater erlebte ich friedliche und schöne, sowie emotional geladene und konfliktbehaftete Momente, genau wie Karsta es prophezeit hatte. Unser Verhältnis würde wohl nie ungetrübt sein. Aber so war das wohl einfach im Leben: Wer das Gute als Gast bewirten will, muss wohl auch das Schlechte mit einladen, denn beide unternehmen ohne einander kaum je eine Reise.

Lange Zeit kehrte ich nicht zu Silvanas Grundstück und dem Baum zurück. Ich wusste nicht, ob ich ihre erneute Übernahme fürchtete – von der ich ja eigentlich wusste, dass sie ohne meine Bereitschaft nicht würde durchgesetzt werden können – oder obwohl ich mir einfach ihre traurige

Miene nicht allzu genau vorstellen wollte, mit der sie mir dann vermutlich gegenübersitzen würde.

Sie war zurückgestoßen worden in ein Leben, das sie nicht nach ihren eigenen Vorstellungen hatte gestalten können. Diese Erfahrung kam mir sehr belastend vor und auch, wenn sie mir ziemlich übel mitgespielt hatte, hätte ich ihr doch ein anderes Schicksal gewünscht.

Vielleicht, dachte ich, war es aber auch der Tod selbst, der mich davon abhielt, den Ort unserer Begegnung aufzusuchen. Ich wusste nicht, ob Silvana es rechtzeitig gelungen war, zu ihrem Baum zurückzukehren, bevor ihm die Lebenskraft ausging. Ich hätte einfach nachschauen können, denn wenn der Baum tot und knorrig in der Gegend stand, ohne eine Blüte oder ein Blättchen zu tragen, dann wäre klar gewesen, dass sie es nicht geschafft hatte. Aber diese Wahrheit fürchtete ich. Es ist wohl immer die Endgültigkeit, die wir fürchten, weil sie uns die Hoffnungen nimmt.

Ebenso, wie die Erinnerungen an Karsta mich nicht losließen, blieb ich auch mit den Gedanken an Silvana verknüpft. Und deshalb fasste ich mir eines Tages ein Herz und kehrte zurück zu der Dryade, deren Existenz von allen Wissenschaften der postmodernen Welt abgestritten wurde. Sie hatte mir meine Freundin genommen, die – nicht nur, aber auch – ihretwegen gestorben war. Aber sie hatte mir auch gezeigt, wie kostbar das Leben war. Nicht irgendein Leben, sondern *mein* Leben. Das verdiente Respekt und Würdigung, eine Art sauberen Abschluss. Ich wollte Lebewohl sagen. Und mich vergewissern, dass es ihr gut ging.

Kapitel 19 – Silvana

Während meines dramatischen Ausflugs in die Welt der Menschen, der sich letztlich als Irrtum herausstellte, habe ich immer versucht, die Menschen in ihrem Denken, Fühlen und Handeln zu verstehen, aber so recht wollte es mir nicht gelingen.

Sie sind widersprüchliche und eigenartige Geschöpfe. Sie wollen alt werden, ohne alt zu werden. Sie wollen alles wissen, ohne je wirklich etwas zu kapieren. Sei teilen ihr Tun in sinnvoll und sinnlos ein und richten danach ihr Leben aus, wundern sich aber am Ende, warum diese Rechnung nicht aufgegangen ist und erkennen nicht, dass sie in ihren Urteilen falsche Parameter zugrunde legen. Sie wünschen sich ein ewiges Leben, am besten in ewiger Jugend, wissen aber doch mit ihrer Zeit nichts anzufangen, was der Ewigkeit würdig wäre. Sie wollen Freiheit und Autonomie und sind doch nicht bereit, Schutz und Sicherheit dafür aufzugeben – oder umgekehrt. Sie wollen einzigartig sein und gleichzeitig zu ihren Gruppen dazugehören, in ihnen verschwinden. Sie wollen Großartiges leisten und scheuen doch die Anstrengung, die sich daraus ergibt. Sie bemitleiden sich selbst und sind doch auch ihr größter Feind, wenn es darauf ankommt. Sie wollen Dinge haben und doch die Preise dafür nicht zahlen.

Aber sie können auch über sich hinauswachsen! Sie lieben mit allen Sinnen, allen Gedanken, allen Emotionen und allen Konsequenzen! Sie werfen unerschrocken ihre eigene Seele in den großen Gewinnpool der kosmischen Lotterie und bedauern nicht einmal, wenn sie dadurch untergehen!

Sie besitzen jene zauberhafte, liebende Seele, dieses typisch menschliche und tierische Geschenk, das uns Naturwesen abgesprochen wird. Ich glaube, auch wir haben eine Seele, denn ich habe meine eigene gespürt. Und allein die Tatsache, dass ich etwas glaube, eine Überzeugung in mir trage, beweist doch, dass ich eine Seele habe, denn der Glaube, egal, welcher Art, fußt auf der Existenz einer Seele, die sich für den Empfang und die Gabe der Liebe weit geöffnet hat. Eine Seele zu haben bedeutet, lieben zu können. Das ist ziemlich simpel und gleichzeitig unfassbar kompliziert.

Mich wunderte nicht, dass Merle zu mir zurückkehrte. Ich hatte erwartet, sie eines Tages wieder zu sehen. Wann war egal: Zeit spielte keine Rolle mehr in meinem Dasein. Ich erwartete nicht, dass sie ein Geschenk für mich dabei hatte.

„Hey Silvana", sagte sie und vermied es, ihre Stirn an den Stamm meines Baumes zu legen, der üppig blühte und schon seit Jahren wieder die stolzesten Früchte im Herbst trug.

Natürlich antwortete ich nicht. Sprache war menschlich. Ich war kein Mensch mehr.

„Dein Baum sieht klasse aus", fuhr sie fort. „Du kümmerst dich gut um ihn, was?"

Ich ließ meine Blüten erzittern, sodass ein kleiner weißer Regen auf sie herabfiel.

„Weißt du, leicht war das nicht, all das zu verarbeiten, was wir da ausgelöst haben. Ich kann mir vorstellen, dass es dir ähnlich ging. Nachdem die schlimmste Trauer wegen Karsta sich etwas zurückgezogen hatte, kamen die Albträume. Ich dachte manchmal, du bist zurück und sitzt auf meiner Brust."

Sie warf das Haar zurück, das inzwischen länger geworden war und ihr fast bis zum Hintern reichte. Feenhaar, seidig und weich, goldsonnenglänzend. Als Nymphe war sie doch gar nicht so schlecht gewesen! Immerhin war mein Baum unter ihrer fürsorglichen Betreuung nicht eingegangen! Ich spürte trotzdem einen leisen Groll: Sie hatte den Rückwechsel ohne Rücksicht auf Verluste vollzogen und beinahe hätte dies meinen Baum das Leben gekostet. Andererseits, dachte ich schuldbewusst, hätte ich ja auch nicht so weit weg in diese Stadt fahren müssen, wo mir doch die Gefahr eines bevorstehenden Rücktauschs bewusst gewesen war …

Mein Ärger verpuffte. Ich wollte auch lieber sanft und liebevoll sein, friedlich und gleichmütig, wie Wolken, die im Wind umherzogen. Die aggressive Gier, auch eher typisch menschlich, die von mir Besitz ergriffen hatte, entsprach eigentlich überhaupt nicht der mir vom Schicksal geschenkten Natur. Deshalb schickte ich sie fort, bevor sie wieder von mir Besitz ergriff. Übrig blieb nur diese leise Sehnsucht.

„Ich habe entschieden, nicht mehr wegzulaufen, denn Karsta ist auch nicht weggelaufen." Merle war noch nicht fertig. „Und weil ich weiß, dass du nur dann eine Bedrohung für mich sein kannst – oder deine unzähligen Artgenossen in allen Tulpen, Eschen, Pilzen und was weiß ich – wenn ich das zulasse, habe ich mich entschieden, dir auch nicht mehr aus dem Weg zu gehen."

Gut. Ein bisschen Gesellschaft würde nett sein. Vielleicht kam sie mich öfters besuchen? Nur den Hund brauchte sie nicht unbedingt mitzubringen, aber wie hätte ich ihr das sagen sollen?

„Wir haben das Haus meiner Oma verkauft, nachdem ich es fertig renoviert hatte, und ein hübsches Sümmchen dafür bekommen", ließ Merle verlauten. „Und mit diesem Geld und ein paar Rücklagen aus den Geschäften haben wir das verfallene Grundstück gekauft, mit diesem schönen, weitläufigen Garten. Und deinem Baum, Silvana." Sie machte eine ausladende Geste mit dem Arm. Bleiche Haut, winzige, aufgestellte Härchen. Ich hatte dringesteckt. Ich hatte diesen Arm bewegt. Für eine kurze Zeit war er mein gewesen, war ihr ganzes ICH mein gewesen!

„Wir werden alles wieder aufbauen und herrichten und dann wird es wieder Menschen in deiner Nähe geben, denn das ist es doch, worum es dir eigentlich ging, oder? Nicht mehr allein zu sein", schloss sie, versonnen lächelnd. Mein Herz hüpfte in der Brust, meine Blüten wogten. Mir war, als erfüllten sich plötzlich alle meine Wünsche! Der ganze Kampf, erkannte ich, war vielleicht überhaupt nicht nötig gewesen – nicht jedes Geschenk im Leben musste erzwungen werden! Manchmal genügte es einfach, geduldig eine Weile zu warten. Und ich hatte ja alle Zeit der Welt, nicht wahr?

„Aber du wirst dich nicht mehr mit mir anlegen, denn inzwischen weiß ich selbst jede Menge über deine Welt und das Zauberhandwerk. Ich hatte eine großartige Meisterin, wie du ja weißt."

Ich rüttelte am Stamm und ließ meine Blüten in einem sanften Summen erklingen. *Nein, nein, ich bleibe brav,* sollte das heißen! Herzerwärmend, freudetanzend, erfüllt von der strahlenden Gewissheit, dass wir selbst und alles um uns herum genau an dem Ort war, wo es hingehörte.

Gesellschaft, wie schön! Menschliche Stimmen, Töne, Bilder, ein alltägliches Treiben! Ich konnte es kaum erwarten und würde dafür sogar freiwillig den schnüffelnden Hund in Kauf nehmen. Einsamkeit war wirklich eine üble Sache. Ich hatte am eigenen Leib erfahren, dass sie manchmal das Schlimmste aus einem herausholte.

Ich wusste nicht viel über die Menschen und ich maßte mir nicht an, sie zu verstehen. Aber über die Liebe, dachte ich, wusste ich durchaus etwas, wenn auch kein Forscher und

Wissenschaftler sie jemals zu erklären vermochte: Sie existierte wesensübergreifend, zwischen den Exemplaren einer Art oder verschiedener Arten oder verschiedenster Arten! Sie kannte keine Grenzen! Sie war der Anfang und das Ende von allem und genau aus jenem Grund waren Anfang und Ende Teil eines Ganzen: Die Liebe ist es, dachte ich, ist es, die letztlich alles, was lebt, zusammenführt.

Ich wollte ihr das sagen.

Ich konnte nicht.

Doch ich wusste, sie hatte mich verstanden, auch ohne ein Wort und ohne einen Blick. Immerhin waren wir eine Zeit lang mal Eins gewesen.

Epilog

Der alte Hellmers-Hof wurde mit frischen Baumaterialien und mit neuem Leben überflutet. Gleich einem organischen Körper wuchsen nicht nur die Häuser aus dem verfallenen Dickicht neu heraus, sondern auch die Verbindungen zwischen den Menschen und Wesen, die sich hinter den Mauern und auf dem Grundstück aufhielten. Aus Trümmern wurde ein Zuhause geschaffen, aus zerfetzten Seelen eine Gemeinschaft zusammengefügt. Man ehrte die Natur: Man riss keine Blumen aus, zerdrückte keine Insekten, die sich über die Kaffeetafel im Garten hermachten und fällte keinen Baum, weil er zu viel Schatten spendete.

Nach einigen Jahren erfüllte wieder Kindergeschrei den Hof, das bald zu Gelächter wurde. Die Kinder wurden schon früh dazu angehalten, die Natur um sie herum zu bewahren und zu schützen. Sie erfreuten und erhellten aber nicht nur deshalb das Herz der Nymphe, die draußen am See in dem Baum wohnte. Sie taten es, weil sie einander nachts unter der Bettdecke mit denselben zarten und fröhlichen Stimmchen Geschichten erzählten, wie es einst ihre ersten Kinder getan hatten.

Inzwischen konnte die Fee das kostbare Geschenk der Gesellschaft dieser Kinder, die Merle und Raffael in die Welt gesetzt hatten, mit einer gewissen Milde betrachten, sie wusste ja nun, was kam: Es würde eine Zeit kommen, in der sie groß wurden und eines Tages würden sie das Haus verlassen. Aber diese Kinder würden wieder Kinder haben, es würde immer andere Kinder, *neue* Kinder geben, das war der Lauf der Welt und im Grunde das ganze Geheimnis des Lebenszyklus', dem wir alle unterliegen. Weil sie es wusste und sich darauf einzustellen vermochte – und weil die Hoffnung niemals verschwand – konnte sie die kostbare Zeit, die ihr blieb, so lange die Kinder klein waren, umso inniger genießen.

Denn das ist es, was die Zeit so wertvoll macht: Dass sie begrenzt ist. Und dies wusste sogar ein Naturgeschöpf, dem das Konzept *Zeit* eine kleine Ewigkeit lang fremd geblieben war.

Liebe Leserin, lieber Leser,

ich danke dir herzlich, dass du Zeit mit meiner
Geschichte verbracht hast und hoffe,
sie hat dir gefallen und dich gut unterhalten.

Wenn du eine Anmerkung, Rückmeldung
oder Kritik hast, würde ich mich sehr
über eine E-Mail freuen:

autorin@lindner-katharina.de

AutorInnen freuen sich auch immer sehr
über Rezensionen oder Empfehlungen
in den öffentlichen Netzwerken.

Leider bleiben Bücher ohne diese unsichtbar
und gehen den Leserinnen und Lesern verloren.
Sie brauchen Stimmen, die sich zu ihnen äußern.
Vielleicht ist deine eine davon?

Ich danke dir von Herzen.

Deine Katharina Lindner

Besuche mich auch gern auf meiner

Autorenseite:

www.lindner-katharina.de

Oder begegne mir und meinen Themen auf meinem liebevoll geführten

Blog:

www.seelenheiter.de

Literatur, Kunst und Tipps, wie du ein erfülltes und glückliches Leben führen kannst.

All das findest du dort
in regelmäßigen Beiträgen.

Mach's gut!

Ich wünsche dir von ganzem Herzen alles Liebe und eine schöne Zeit mit vielen abenteuerlichen, spannenden und berührenden Büchern! Vielleicht bis zur nächsten Lektüre?

Die Unvollkommenheit der Wünsche

Katharina Lindner

Clara hat durch eine Depression ihre Fähigkeit verloren, genussvoll in ein Buch einzutauchen. Auf dem Gelände eines verfallenen Jagdschlosses trifft sie den Obdachlosen Wilhelm, der ihr nicht nur die verlorene Lesefähigkeit zurückgibt, sondern ihr auch im Leben neue Perspektiven aufzeigt, indem er sie in seinem Traum, das Anwesen in ein Künstlerzentrum zu verwandeln, einbezieht.

Die unglückliche und einsame Frau, die sich voller Begeisterung in die Umsetzung dieses Plans stürzt, entdeckt ihr eigenes Talent und die Lust am Schreiben. Doch die Gespräche mit Wilhelm und die neuen Erfahrungen erinnern auch an ein lang verdrängtes Trauma: Bald begreift Clara, dass es manchmal Wunden gibt, an die man besser nicht rührt, wenn man bei klarem Verstand bleiben will …